私は幽霊を見ない

藤野可織

角川文庫
23246

目次

私は幽霊を見ない

私は幽霊を見ない。見たことがない。

そもそも、ものを見るということに対していっさいの自信がない。私はとても目が悪い。コンタクトレンズを装着しても視力は〇・八程度、眼鏡ならもっと悪い。五、六人で連れだって心霊スポットに行ったとして、誰かが「あっ、あそこに」と指さしても、みんなが目標物を確認してわあわあ言う中で、「え？　え？　どこ？　どれ？」と亀みたいに首を突き出して顔をしかめている事態を、私は実際に体験してきたかのようにことこまかに想像することができる。

それとも、心霊の見える見えないは、肉体的な視力とはかかわりがないものだろうか？　いわゆる、心眼というやつで見るのだろうか。

しかしそれも、私にはないらしい。いくら考えても、もしかしたらあれは、と疑惑の湧いたためしすらない。万が一私の目や耳や鼻が超自然的ななにものかを捉（とら）えていたとしても、私の脳ではそれを知覚する機能が働いていないのだろう。

それにひきかえ、怖がる機能はよく発達している。これには自信がある。私はいつでもどこでも怖がっている。自宅でも怖がっている。今になにか出るのではないかと、いやむしろ見えていないだけで今まさに出ているのではないかと、こうしているあいだも死んだ人間と額をつき合わせているのではないかと怖がっている。それは、体の中心にいつも凍った鉄の棒が通っているかのような感覚だ。

思えば、この棒は幼稚園児のころから通っていた。私は三十二歳（雑誌掲載時）なので、ほぼ三十年間、怖がり続けていることになる。こうなると棒はもはや心棒であり、今更取り除いたりすると私はぐにゃぐにゃに崩れ、立って歩くこともままならなくなるのではないかと思う。怖い。

記憶のかぎりでは、幼稚園児のころは、見える、見えないのやりとりはなかった。私のまわりに「見た」と主張する人はいなかった。誰もが、「来る」と言った。一晩眠れば明日が来るみたいに、確信をもって「来る」と言うのだった。大人の腰の高さで声をひそめてささやかれたそれらは、今でもめずらしくないようなありふれた都市伝説ばかりだった。でもそのときはそんなことは知らないので、なにごとも聞かされるそばから信じた。あまりの恐怖に、私はおぼえたての話を半泣きで母に説明した。

母は驚き、「子どもがそんな悪趣味な話をして」ときつく叱った。私は予想外に被ることになった現在進行形の恐怖と、来るべき恐怖の重みに耐えかねて、大声を上げて泣いた。

それでも、あのころは、「来る」と言ったらそれはだいたい夜間のことと決まっており、昼日中には安穏としていられた。それが、小学校に上がると、事情が変わった。

私の通った小学校は、見るからに怖いところだった。

校舎は、じめじめした冷たい石壁とぎりぎりきしむ濃い茶色の板張りでできた、築百二十年の代物だった。真上から見るとL字形をしていたが、もうずいぶん前から建設当時見込まれていた生徒数を確保することがかなわなくなっており、L字の長いほうの一辺はほとんど使われなくなっていた。そこにはからっぽの教室が並び、廊下には蓋付き木製下駄箱が延々と置かれていた。片端から蓋を開けてまわったが、中にはなにも入っていなかった。私たちは、短いほうの一辺に設えられた教室にぽつぽつと座りながら、いつも長いほうの一辺に充満する無人の気配に耳をそばだてていた。

怖いのは、建物だけではなかった。

京都市内の中心近くに位置するにもかかわらず、飼育されていたうさぎは野犬に襲われてたびたび全滅した。私はあたりで野犬など一度たりとも見たことがなかった。

うさぎたちはなにか別のものに殺されたのではないかと疑ったが、先生も級友もみな野犬のせいだとしか言わなかった。もっとも、私は野犬どころかうさぎの死体も、血の一滴も見なかった。いつも始業時間ぎりぎりに登校していたので、私の前にあるのはひん曲がったコバルト色の柵と、たっぷり水をかけられてねずみ色に変色したからっぽのうさぎ小屋だけだった。

そのかわりに、野良猫の死体なら登下校中によく見た。車に轢かれ、お腹から中身をあふれさせているのが、アスファルトの上に長々と伸びていた。片付けられるまでの二、三日は、それらの死体が乾いていくのを横目で見ながら黙って歩いた。てのひらに乗るほどの小さな子猫の死体は、人が片付ける必要はなかった。からすが空き地の草むらに引きずっていった。

そんな環境だから、もちろん怪異のうわさはあった。夜になれば二宮金次郎の石像が読書の姿勢のまま校庭を走り回ると言われていたし、夜にならなくても午後四時の女子トイレの個室には四時ばばあなる老怪女が忽然と出現するらしかった。

いつからかトイレに出るお化けといえば「花子さん」がもっともよく知られているようだが、あのころ私の小学校で取り沙汰されていたのはなんといっても四時ばばあだった。花子さんの名は、聞いたことがないでもなかったが、よそはよそ、うちはうちだ。それに、うちのトイレに出るのは四時ばばあだけではなかった。

女子トイレの個室は三つあり、手前から一番便所、二番便所、三番便所と呼ぶことになっていた。四時ばばあのテリトリーは一番便所であった。二番便所、三番便所にも、それぞれを縄張りとする心霊がいた。

話を切り出すとき、よく言われるのが「この学校ってさ、昔は病院やったやん？」だった。その情報にはなんの根拠もなかったが、ほぼ常識として全校生徒に共有されていた。だから、二番便所に出るのは看護師の霊だった。そして、三番便所に出るのは、病院で死んだ三つ子の霊だ。三つ子は病気で死んだのではなくて、一人の看護師の過失によって事故死したとされていた。三人いっしょに寝かされていた車輪つきベッドが、押していた看護師の手を離れて階段を滑り落ち、猛スピードで壁に激突したのである。

実は校舎のうち使われていないのは、L字の長いほうの一辺だけではなかった。使われていないといっても、長いほうの一辺は廊下としてはじゅうぶんに活用されていた。辺の先っぽ、廊下のいちばん奥には理科室や図画工作室があり、ときどき生徒たちはそこに移動させられて授業を受けることがあったからだ。

そんな長いほうの一辺よりもよほど使われていないのが、地下階だった。地下階は、いつも私たち生徒が小うるさくしている短いほうの一辺にあった。

校舎内から地下階へ下りる階段は、ふだんは木の柵で封じられ、その前に立って見下ろすと、階段の半ばから下には光が届かずどす黒かった。地下階には、地上階と同じく教室が並んでいる。そこへ、一年に二度だけ、下りる機会があった。先生は、クラスの全員を伴って階段を下り、電気を点けた。一番手前の教室に、運動会に使用する大玉と玉入れセットがしまわれていた。私たちはみんなでそれを運び上げ、運動会が終わったあとにはまたみんなでそれを下ろし、ほとんど投げ出すみたいに教室に放り込んで地下階をあとにした。だから無人の気配は、長いほうの一辺からだけではなく、足元からも迫り上がって来ていた。

三つ子は、そんな地下階に因縁があった。地下階には、校舎の外壁に沿うお堀のようなかたちで外階段がついていた。

「三つ子のベッドはあそこから転がり落ちたんや」

私たちは外階段を指さした。階段の正面の壁には、真っ赤に錆び付いたトタン板が張られていた。板全体に広がった錆の中に、とりわけ濃い錆が三つ、はっきりと丸い形で浮かび上がっていた。

「あれは血のあとやな」

「そうや、三人とも頭がつぶれて血がいっぱい出たんや」

私はときどき、トタン板で覆ってもなお隠しきれず、滲み出てきているその血の染みを眺めた。

三つ子を死なせてしまった看護師は、自殺して三番便所に取り憑いた。看護師と三つ子、それから出自不明のお婆さんが、なぜわざわざ女子トイレなんかを根城としているのかについては誰も知らなかった。

怪異は、男子トイレにも出現した。入学当初はそんな話はなかったと思う。いつの時点であったかわからないが、「女子トイレにばかり得体の知れないものが出るのは不公平だ」という風潮が高まったことがあった。すると、たちまちのうちに午後五時に男子トイレにあらわれる五時じじいのうわさが流れた。女子の中にいた不満分子は、それで落ち着いた。男子が強がりを言いながらも明らかに度を失っているのを見ると、私もなんとなく気が晴れた。

私は、二宮金次郎も四時ばばあも、看護師も三つ子も、まんべんなく恐れた（五時じじいはあまり怖くなかった）。いつも、真剣に怖がっていた。私は母に話した。二宮金次郎が走るのだと、涙ながらに訴えた。母は、今度は怒らなかった。愉快そうに笑い転げた。私は少しだけ気が楽になった。

それでも、朝になり学校へ行くと、やはり怖かった。灰色の校舎が目に入るなり、体の中の鉄芯がびっしりと霜をたてて凍結した。

級友たちも怖がっていた。ただ、みんなの怖がり方は、私とは少しちがうようだった。みんなの怖がり方には、慣れとあきらめがあった。

考えてみれば、私のいた学年は一学年でたった三十数名で、そのほとんどが幼稚園時代からのつきあいだった。また、彼らのほとんどは同じ幼稚園、同じ小学校へ通う姉か兄がいて、そうでない子らには同じ幼稚園、同じ小学校へ通うことになる妹か弟がいた。おまけにその幼稚園は、小学校に隣接していた。いっぽう、私は小学校入学の直前になってその校区に越してきた余所者の一人っ子だった。あの小学校にこびりついていた様々な怖さに、私だけが慣れていなかった。四時ばばあやその他の心霊は、クラスの誰かの姉や兄や、その友達か先輩が実際に目撃したものだとされていた。そして私だけが、そのクラスの誰かの姉も兄も、その友達も先輩も知らないのだった。自分の目で見た、見ないにかかわらず、見た人を知っている級友たちはなにもかもを自分の目で見て知っているといった態度を崩さず、私の目だけがいつまでも節穴だった。私には、どれだけ怯えても、どうしても見えなかった。

いまだに、小学校の夢はよく見る。夢の中にも、二宮金次郎や四時ばばあその他は出て来ない。級友たちも出て来ない。出て来るのは、だいたいL字の長いほうの廊下だ。廊下は歩くたびにどんどん引き延ばされて、出られもしないし、戻ることもできない。窓からは尿みたいな西日がさしている。

　あの小学校はもうない。私が卒業してしばらくして取り壊され、老人介護施設になった。親しみやすい色とかたちをした、きれいな建物だ。


　中学、高校と怪談とは無縁だった。大学に入ってまた、まわりで見た、出た、と耳にするようになった。夜中、どこかの山にある神社に肝試しに行ったら、参道の石階段に灯（とも）された外灯がひとつずつ消えただとか、親戚（しんせき）の家に捨てても捨てても帰ってくる忠犬みたいなフランス人形があるとか、そんな話だ。私は積極的に耳を傾けたが、たいていは、細部を忘れてしまった。地名や、いつごろ起こったことなのか、話してくれた友人とどういった関係にある人物の話だったのか、さっぱり思い出せない。私は目が悪いだけでなく、ほとんど地図が読めないし、時間の把握も苦手だし、二、三度会ったくらいでは人の顔も名前もめったに記憶することができない。だからたぶん、聞いたその日のうちに忘れたんだと思う。

　ひとつ、おぼえている話がある。ごく短い話だ。

友達の友達のお姉さんが、イギリスへ旅行した。古城を改装したホテルに宿泊したらしい。その夜、お姉さんは胸苦しくて目が覚めた。見ると、胸苦しいのももっともで、自分の胸の上に金髪の白人女性がのしかかっている。まぶたは開いたが、体はぴくりとも動かない。幽霊だ、と思った。その女性は、お姉さんが起きたのでなにかをまくし立てながら首を絞めてきた。金縛りで身動きのできないお姉さんは、混乱と恐怖の中意識を失った。そして、翌朝にはごくふつうに起床して予定どおりに観光した。

「その幽霊、なんて言うてはったん?」と私は友達に尋ねた。

彼女は、神妙な顔をして言った。

「それがな、ぜんぜんわからへんかってんて……だって、英語やし」

「そっか、英語やったらしゃあないな……」

私たちは少し黙り、それから同時に噴き出した。しばらく言葉もなく、身をよじって笑った。やっと話せるようになると、私も友達も「かわいそうに」と言って、また笑った。

「かわいそう」というのは、襲われたお姉さんではなくて、せっかく出たのにちっとも言いたいことを理解してもらえなかった幽霊のことだ。おまけに、遠く離れた日本でまでこんなふうに笑いものにされてしまった。

私は今でも、そのイギリス人の幽霊のことを考えては、笑ったりかわいそうに思ったりしている。しかも、ちゃんと、怖い。死んでからも化けて出るくらいに言いたいことがあったとしても、生きているときと同様、そう簡単に他人様に伝わることはないのだと思うと、体の中の心棒をえぐりとられるみたいに怖い。怖いという感情は、そのほかのたくさんの感情を引き受けて包み込むのだということを、私はこの話を聞いた日に知った。

もうひとつおぼえているのは、私の所属していたカメラクラブの部室での話だ。しょっちゅう入り浸っていたそこに、出るのだという。当時部室棟として使われていた建物は古くて汚くて、なぜか二階が鉄のシャッターで封鎖されていた。カメラクラブの部室は六階だったがエレベーターはないし、廊下の電気はいつも必ず切れていた。日が落ちると、部室のドアに鍵を挿せないくらいに暗くなってしまう。

その廊下を、首のない女が走るということだった。ある先輩は、部室の長椅子で寝ていたら足を引っ張られたと言った。驚いて身を起こすと、首のない女が足首をつかんでいた。女の姿はすぐにかき消えたらしい。

その話を聞いて、当然震え上がった。首のない女なんて恐ろしい。首があっても、その顔がどんな形相だかわからないからやっぱり恐ろしいのだけれども。

もともと、カメラクラブの部室は怖いところだった。私は深夜の三時か四時まで一人で暗室を使うことがあった。部室棟の入り口は常に開放されていたので、変質者が現れかねない危険もあったが、私はやはり目に見えないものばかりが怖かった。夜も昼も同じように怖かった。

昼、抜群に怖いのは、能楽部が謡の練習をする日だった。部室に入り、その中に設置された暗室に入って現像や焼きつけをする。セーフライトの赤い光が頭によくないのか、ぼんやりしてしまって何も考えることができず、機械みたいに作業だけが進んでいくことがよくあった。そしてふと気付くと、かけていたＣＤもとうに終わって、いつからかずっと謡を聞き続けている。

能楽部の部室がどこにあるのかは知らなかったが、耳元で練習してるみたいによく聞こえたから、よほど近くにあったのだろう。すぐ下の部屋だったのかもしれない。謡は、複数人で唱える経文のように聞こえた。いったん謡が聞こえてしまうと、セーフライト以上に頭によくないのか、私はますますぼんやりした。謡ではなくてほんとうに経文なのだと思い、それはちがうとも思い、二つの意見が脳で争うことなくただ立ち尽くしていた。でもほんとうに怖かったのは、謡の練習が終わる瞬間だ。なんの余韻も残さず、ぴたりと終わる。ある一瞬をさかいに、とつぜん世界が無音になる。

この世が終わって、この世を弔うお経も終わったのに、私は暗くて狭い部屋で写真なんか焼いてる。そんなふうに感じる。真実そうであるような気がしてくる。

　夜に一度、特別に怖い思いをしたことがある。夜半過ぎに、部室でだべっていた部員たちがみんなして夜食を食べに出て行き、暗室に一人取り残された。部室に一人でいることには慣れきっていたが、私の場合はなぜかはじめから最後まで一人であることが多かったので、途中でぱったりと一人になると妙に寂しかった。暗室も、部室も、しんとしていた。

　ところがしばらくすると、ぷつんと電波の入る音がして、男性の話し声が聞こえはじめた。テレビが点いたのだとわかった。しかし、誰も帰ってきたはずはなかった。部室の扉はとても重いから、どんなに気をつけて開閉してもかなり大きな音が立つのだ。私はそんな音は聞かなかった。おそるおそる暗室から出てみると、やはり部室は無人で、テレビばかりが皓々と灯っている。画面に老人が大写しになり、半笑いの顔で死んだ友人の思い出を語っていた。私はどんな反応をしていいのかわからなかった。体のあちこちが突っ張って、リモコンひとつ取るにも膝が曲がらず、困った。

　私はゆっくりとリモコンをかざした。電源ボタンを四度か五度押してやっとテレビは切れた。

ぎこちない動きで暗室に戻り、セーフライトを浴びつつ丸椅子に座った。

　でもすぐに、説明がついた。説明がついてしまうと、なんでもなかった。以前に、先輩からそのブラウン管テレビの内部でゴキブリが繁殖していると聞かされたことがあった。てっきりでたらめだと思い込んでいたが、あれはほんとうだったのだ。おそらく、テレビ内のゴキブリが配線かなにかに触れて、そのはずみで電源が入ったのだろう。そういえば、もっと昔、子どものころに、夜中にぼろぼろと音を鳴らすピアノの話を聞いた。はじめは幽霊が弾いているのかと一家総出で怖がったそうだが、真相はちがった。そのアップライトピアノの内部にねずみが棲(す)んでいて、夜ごと弦を踏みならしていたのだった。だから、ゴキブリだ。カメラクラブのテレビには、ゴキブリがうじゃうじゃ棲んでいる。内部から電源を入れることくらい、やつらにはきっとかんたんだ。これはこれで非常に恐ろしい話だが、心霊現象ではない。

　結局、私が首のない女に会うことはなかった。あの部室棟はもうない。跡地に、外装にも内装にもやけに凝った豪勢な校舎が建った。

　私の母と父も、幽霊を見ない。それどころか、ちまたに溢(あふ)れる見た、出た、という話を頭から疑ってかかる。そんなあほなことがあるかいな、見まちがわはったんとちがうか、とか、怖い怖いと思てるからそんなふうに見えるんや、と断じるタイプである。私に才能がないのは、両親からの遺伝にまちがいない。

　そんな母だが、これまでの生涯に一度だけ、説明のつかない体験をしたことがあるという。

　母が幼稚園児のときのことだ。母は、三つ上の兄とひとつの部屋で寝ていた。幼児にはとても広い部屋だった。兄のベッドは部屋の西の壁、母のベッドは東の壁にくっつけて置かれていたため、電気を消すと兄のベッドを視認することができず、毎晩怖い思いをしていたという。

　ある夜、母がふと目を覚ますと、母の母が立っていた。私の祖母だ。ふだんは洋装で通す人であるのに、その夜の祖母は白い着物を着ていた。ものも言わず、無表情でじっと母のベッドの脇にいる。たしかに自分の母なのに、母は恐ろしくなって声も出なかった。そして、寝たふりをしたまま本当に寝込んだ。

　翌朝はいつもどおりの朝だった。祖母は洋装で、変わった様子もない。母は、なぜか言ってはいけない気がして、祖母に問い質すことができなかったという。

　祖母は、まだ生きている。

「今からでも聞いてみてえな」とせがんだ。

「いやや、あんたそんな気持ちの悪いこと言わんといて、って言わはるに決まってるやん」と母は逃げた。

父は、数年前の夏に、はじめて幽霊らしきものを見たと主張しながら帰宅したが、これはたいへん疑わしい。父は笑いたいような困ったような顔をしていた。その夜、父はバイクで深泥池を通りかかった。深泥池といえば、京都でも有数の心霊スポットである。私は昼間なら何度でも池に沿う道を自転車で走ったことがあるが、もちろんなにも見ないし、困ったことに別に不気味に感じたことすらない。

「夜やからな、真っ暗や」と父は言った。知っている。自転車でなくて車でなら、私も夜に付近へ行ったことがある。「ぐーっとカーブを曲がっていくときにな、バイクのライトが池の縁に立ってる看板をぱーっと照らしてん。『ここで釣りをしてはいけません』って書いた立て看板や」

そんな立て看板があったかどうかは私にはわからない。が、あってもおかしくはない。

「その立て看板の横にな、ヤンキー座りして釣りしてるギャルの霊が」

「それほんまもんのギャルの人とちがうんか」

「そんなあほな、こんな真夜中にあんな暗いところでギャルが一人で釣りなんかするかいな」

その一、二年後に、深泥池とは無関係だと思うが、父に妙なことが起こった。やはり夜だった。仕事帰りにスーパーで食品を買って帰ってきた父の肩に、お玉がひっかかっている。料理で使うお玉杓子（たまじゃくし）だ。

「なにそれ」

「なにそれ」

私と母が言った。父は、黒いダウンジャケットを着ていた。正面を向いた父の首もとから胸にかけて、黒いナイロン樹脂素材の柄と白いプラスチックの持ち手があった。お玉の、ものを掬（すく）う部分がうまく首にはまって、非常に安定している。

「わからへん」と父は言った。また笑いたいような困ったような顔をしていた。取ってみると、お玉は半円状にくりぬきのあるものだった。穴あきお玉にもいろいろな種類があるのだろうが、私はそんなお玉は見たことがない。母も「なんやこれ。どうやって使うんやろ」と言っている。

父は、会社からバイクに乗って近所のスーパーへ行き、またバイクに乗ってまっすぐに帰ってきたのだった。

「いつからひっかかってたん？」

「わからへん」

父はすぐにヘルメットをかぶり直した。こんなものに触ったおぼえはないが、スーパーの売り物であるとしか考えられないので、謝って返すか買い取るかしてくる、と言って出て行った。

しかし、スーパーでは「当店ではこのような商品は扱っておりません」と追い返されたらしい。父は納得がいかず、そのスーパーの調理器具コーナーをわざわざ確認しに行った。店員の言うとおり、その特徴的な穴あきお玉は、どこにも並んでいなかった。

お玉は、母が洗ってキッチンの引き出しにしまった。二度ほど使ってみたが、あくを取るにも向かないし、いまだに使用方法がわからない。インターネットで検索してみても、同じようなお玉は見つからない。引っ越しの際に、捨てた。

このように、私は幽霊を見ない。最近結婚をしたが、夫も幽霊を見ない。あまり興味もなさそうだ。念のため、夫の両親や兄弟にもそれとなく話を振ってみたが、見ないとのことだった。

先日の夜、駅から夫と二人で帰る途中に、ちょっと変なことがあった。まだ転居して日が浅いので、近隣の事情は把握していない。駅から家へ向かう道は、住宅が向かい合わせに連なる一方通行の車道だ。夜はそこそこ暗い。

　家まであと少しのところで、猫の鳴き声を聞いた。にゃーんにゃーん、とはっきりした声で鳴いている。近い。

「猫やな」と私は立ち止まった。猫が好きだ。一目でいいから姿を見たい。もし一撫(ひとな)でできたら、ぬかずいてお礼を言ってもいい。

　私が猫好きであることを知っている夫も、立ち止まってあたりに視線を走らせた。猫は、一本調子ににゃーんにゃーんと鳴き続けている。

　声の出所は、私たちのすぐ右手に建っている住宅だった。路上に面した小窓から漏れている。テレビが点いているらしく、ニュースを読み上げるアナウンサーの声もいっしょに流れている。

「ここ、猫飼ったはるんやな」声をひそめて小窓の下に張り付いた。小窓の下の縁は、私の額の位置にあった。中を覗(のぞ)くのは難しく、室内の天井や簞笥(たんす)の上に載っている細々とした置物しか見ることができない。照明がやけに黄色い部屋だった。ときどき部屋の色がわずかに変わるのは、テレビ画面が切り替わるからだと思った。全国の観光地で売れ残り続けている土産物が勢揃いしたような簞笥の上の設えを眺めながら、夫に「見える？」と尋ねる。夫は、私よりも二十センチ近く背が高い。遠慮がちに近づき、さっと覗いて身を低くした。

「猫、いた?」

「いや、わからへん。いいひんと思う」

そのあいだも、猫は鳴いている。にゃーんにゃーん、と途切れもせず、際限もなく鳴いている。

「なんか……機械みたいやな」と私が言った。言うと同時に、ほんとうに機械なのだ、と気が付いた。夫の顔もはっとこわばった。

私たちはあとずさりをして道に戻った。にゃーんにゃーん、は止まらない。

「テープ?」と私が言った。

「そんな感じやな」夫がうなずいた。

聞いているうちに、にゃーんにゃーん自体が本物の猫の声であるかどうかもわからなくなってきた。本物の鳴き声にとてもよく似ているけれど、人工的につくった音声なのかもしれないし、人が真似をしているのかもしれない。しかしとにかく、あれほど平板に繰り返し繰り返し鳴くことなんて、生身のものには絶対にできない。人工的につくったものか、録音したものを編集して永遠にリピートするよう設定したものとしか考えられない。

「人はいはった？」と尋ねる。

「いや、誰もいいひんかった」と夫は言った。

別に、いいのだ。猫の鳴き声を延々繰り返すような音声データをつくることはたぶんかんたんだし、誰もいない部屋でテレビを点けっぱなしにした上で、その音声を流しっぱなしにするのはもっとかんたんだ。近所迷惑なほどの音量でもない。まして、私などにとやかく言われる筋合いはない。

その猫の声のするお宅は、もちろんまだある。夫はたまに、「今日も聞いたで、ほら、あの猫の声……あの、ずーっと鳴いてるやつ」と報告してくれる。

富士見高原病院の幽霊

あいかわらず幽霊を見ない。

あるいは、幽霊を見たことに気付いていない。

変な人も見ない。いや、まったくいないとは言わないけれど、地下鉄の中でぶつぶつ明るく独り言を言い続けるくらいの人なら、全国津々浦々どこにでもいると思うので、取り立てて変な人枠に入れることもなかろうと思う。

先日、私は地下鉄でそういった男性を間近に目撃した。真っ昼間のことで、その車両の席は八割方埋まり、立っている人もちらほらいたので、恐怖心は抱かなかった。男性は、襟首の汚れたベージュのコートをきっちりボタンを留めて着込んでいた。裾(すそ)から下は、黒のスラックスとどこのものかわからない爪先の丸っこいスニーカーだった。かばんは持っていない。やや禿(は)げた頭を前に突き出して必死にしゃべるので、しぜんひどい猫背になっていた。

男性は、はじめは私の真向かいにあるドアの脇に立っていた。独り言というよりは、どうも誰かに話しかけているようだったが、彼の前には誰もいない。愛想笑いを浮かべ、汗をかきながら高い声でしゃべり続けるその人を、車両に乗り合わせた人々は遠巻きにうかがっていた。その人以外はみな押し黙っていた。だから彼の声は車両内に響き渡っていたわけだが、私には話の内容がいっこうに理解できなかった。ときどき「はい」や「それはですね」などといった言葉が聞き取れるので、日本語を話しているにちがいないのだが、どうしてもわからなかった。早口過ぎるのか単に不明瞭なのかも判断できなかった。

しばらく経つと、男性は移動した。座席の端の、ちょうど二人分ほど空いている席に座った。隅に一人分の空間を空けて。

彼は、座席に横座りになって、まっすぐに一人分の空間を向き、同じ調子で話し続けた。男性の丸い背中を二の腕あたりに押し付けられることになった乗客は、さっさと立ち上がって離れたところに立った。私は、男性が話しかけている空間を見下ろすかたちで、ドアの脇に立っていた。

電車が駅に着き、ドアが開くと、車両内はなつかしい雑多な声や物音で満たされた。音を立てないようにじっと座ったり立ったりしていた人々も、なにごともなかったみたいに立ち上がり、歩き、なにも知らない人々が乗り込んで来た。

その機に乗じて、私は男性が話しかけていたその空間に、さっと座った。熱弁をふるっていた男性は、ぴたりと口を閉じた。横目で見ると、目が合った。彼は、ものすごく驚いた顔をしていた。私も驚いていた。さっきまでたしかにここに座ったらどうなるだろうと考えていたけれど、まさかほんとうに座るとは自分でも思っていなかった。しかし、立ち上がる勇気も出なかった。あまり下手な動きを見せて、これ以上男性を刺激してはならないと思った。横目で目が合ったまま、相手の出方をうかがった。

男性は驚きが去ると、みるみる表情を変えた。一瞬怒りをあらわにし、それからものすごく嫌そうな顔をした。顔色が悪かった。なんだか緑色をしていた。彼は私をしばらく睨(にら)みつけ、立ち上がって隣の車両へ移動した。

ここにいたあの人の話し相手はどうなったのだろうと思った。いっしょに隣の車両に行ったのだろうか。それとも、まだここにいるのだろうか。私はなんの気配も感じないまま座り続けた。肩が凝っていたが、それはもともとで、いつものことだった。

地下鉄を終点で降りた。その駅へ着くまでに乗客たちは次々と降りてしまい、私は車両にたった一人になった。私は、母校の高校に用があってそこまでやって来たのだった。

用が済むと、職員室へ行って恩師の岡崎(おかざき)先生に挨拶(あいさつ)をした。

岡崎先生は国語の先生だ。高校生のときには先生は先生という生き物でしかなかったが、今になってあらためてよく見ると、先生はあまり大人のようには見えなかった。私は年齢を尋ねた。先生が答えるのを聞いて、私とそれほど変わらないと思った。高校生だったころは二、三年歳をとった自分すらろくに思い描くことができなかったが、今では先生と同じ年齢になった自分がどんなふうになるのか、ほとんど知っているような気がした。

私は岡崎先生に怖い話をねだった。先生は話が上手で、よく授業を中断して先生自身のおもしろい体験談などを聞かせてくれたものだった。その中に、怖い話はなかった。それでも先生は、すぐに話し出した。

「堀辰雄(ほりたつお)の『風立ちぬ』の舞台の富士見高原療養所わかるか。信州のな、富士見やら富士が見える。このくらいのな」と先生は空中に指で三角を描いた。

私は『風立ちぬ』を読んだことがなかったが、さも知っているようなふりをして相づちを打った。

「前々から行きたかったんやけど、たまたま信州のホテルに泊まるきっかけがあったから足延ばして行ったんや」

富士見高原療養所は、富士見高原病院の一角に旧富士見高原療養所資料館として公開されている。先生はそこを、当時新婚だった妻といっしょに訪れた。二〇〇六年四月のことだ。

「富士見高原病院っていうのはふつうの病院や、近代的な鉄筋コンクリートのな。その受付で『見たいんですけど』って言ったら看護師さんが案内してくれはるんや。で、ついて歩いて行ったら、コンクリートの建物からとつぜん木造のな、大正かそこらからある古い建物に入るんやけど、床が鶯張りみたいにぎしぎしみしみし言うねん。で、そこの二階に上がると、三つの部屋を開放しててな、ひとつが当時のサナトリウムのまんまの状態で、当時使ってた調度なんかもそのまま残してあるんや」

私は了解をとって、iPhoneで先生の話を録音していた。その操作をすると見せかけて、インターネットブラウザを起動し、『風立ちぬ』のあらすじを検索した。それで、なんとか話についていけるだけのことがわかった。

『風立ちぬ』は一九三六年から三八年にかけて断続的に雑誌に発表され、三八年に刊行された中篇小説である。結核に冒された婚約者・節子と、彼女に付き添って高原のサナトリウムにやってきた「私」の物語で、実際に堀辰雄が婚約者・矢野綾子を富士見高原療養所で亡くした体験をもとに書かれた。

「けっこう有名な人がたくさんそこで亡くなったはるねんで、えっと、だれだ、ほら美人画の……」

　名前が出てこないというので、今度は堂々と検索した。竹久夢二だった。

「うん、それでな」先生は話を続ける。

「部屋に入った瞬間に、これはちょっと雰囲気ちがうなって思った。雰囲気がな、なんか重いねん。空気が重いというか……。まあ、で、いろいろ見回ってると、帳面があるんや。サナトリウムの時代にそこに入院してきた患者さんの入退院記録やな。いつ入院していつ退院したかっていうのが書いてある。退院せんと亡くなった人については、昭和何年何月何日死亡って書いてあるわけや」

　先生は、堀辰雄の婚約者を探した。彼女の名前と、死去した時期は頭に入っている。先生は昭和十年十二月のページを辿っていった。矢野綾子の名前は難なく見つかった。あると知って探したのに、先生は打ちのめされた。ああ、ほんとうに実話だったんだ、と思った。ここでほんとうに、たくさんの人が亡くなっていったんだということが、息苦しいまでに迫って来た。

　実際、先生は息苦しくなっていた。

　先生は目を上げて、部屋に据えられた木製のベッドを見た。がっちりとした硬そうなベッドだった。寝心地が良さそうには見えなかった。こんなところで横になっても、体が休まるとはとても思えなかった。それに、当時は治療といっても、今とちがって大したことはできない。抗生物質による化学治療が導入されたのは、第二次世界大戦後だ。

「こういうところで一生を終えていく人のな、気持ちをな、考えとったんや」

そのとき、ふと、ななめうしろに気配を感じた。妻ではなかった。彼女の姿は見えていた。ほかに見学者はなく、その部屋には二人きりのはずだった。先生は振り向かなかったが、目の端に映るのか、その気配の主が絣（かすり）を着た丸坊主の青年だということがなんとなくわかった。

先生は、妻のほうを向いた。すると彼女も、スローモーションみたいに先生を振り返った。二人のあいだで、目配せが交わされた。先生は、彼女のそばに寄り、「誰かいるやろ」と聞いてみた。彼女はうなずいた。

二人は、一刻も早くこの場を離れたいという心持ちになっていた。足早にその部屋を出て、隣の部屋も一応ざっと覗（のぞ）き、病院の受付でお礼を言って、建物の外に出た。

しかし、気配は消えなかった。うしろから覆い被（かぶ）さるように、ついてきた。

先生はもう一度妻に「誰かうしろについてる？」と尋ねた。彼女はうなずき、「女の人」と言った。

「え、男の人じゃなかったんですか」私は口を挟んだ。

「おれが、いる、と思ったんは男の人やった」と先生は言った。

「でもかみさんは、女の人がいるって言うんや」

先生は、自分のうしろには男の人がいるような気がする、と彼女に告げた。「どうしよう」と言うと、彼女からは「どうしようって、どうしようもないね」と返ってきた。

どうしようもないので、二人は駐車場へ行き、車に乗った。先生が運転席で、妻が助手席だった。うしろには、二人分のスペースがあった。

「そこに乗っかってる感じがするねん、明らかに。もちろんそんなもんルームミラー見たってなんも映ってへん、せやけどあきらかにその、質感があるんだよな、そこに人がいるっていう」

もうこれは自分たちの手には負えない、と思った。テレビでよく見るような除霊かお祓いをやってもらわなければならないのではないか。先生は運転しながら、そのことを真剣に検討していた。おそろしくてたまらなかった。病院が見えなくなり、車が富士見町から出ても、相変わらずうしろの座席には二人座っているようだった。

しかし結局、一時間ほど走ったところで、二人はいなくなった。とつぜん車内の空気が変わったのだという。うしろの座席は、ほんとうにからっぽになった。妻を見ると、彼女もほっとしたようにうなずいた。

　この話はこれでおしまいだった。

　先生は座り直した。

「おれの中にある前提としてはな、おれはな、そういうものは信じないねん。今でもそう思ってる」

「あ、そうなんですか」と私は言った。

「でもこれはな、テレビで見た話でもないし、本で読んだことでもないんよ、おれが自分で経験したことやねん」

「ああ、はい」

「おそらくな、あそこでたくさんの人が亡くなってるから……しかも、たいがい十代とか二十代とか、若いさかりに亡くなってるからね、みんな無念を抱きながら死んでいったんやと思う。そこへ、幸せな、ね、結婚してすぐのおれら夫婦が来たもんやから、ほななんか覆い被さってついていったろかな、みたいなこともあったんかなあって思ったりもしたんやけどな」

　先生はちょっと笑った。

「あとで京都に帰って来てから考え直したんやけどな、おれもかみさんも『風立ちぬ』のファンやからさ、はじめからあそこがどういう場所かっていう知識があるわけやん？　そういう状態で行って、記録で名前も見つけてショックを受けて、それで心理的に圧迫されて、強迫観念にかられて、まあそういうね、なにかがいるように感じた……ってことなんやろうなって、今は思うようにしてる」

合理的で理性的な意見だった。それに、私の身に馴染んだ考え方でもあった。幽霊を見たり感じたりしたことのない私には、このようなやり方でしか世界を理解することができない。

「だけど、そのときはとてもこうは思えなかったなあ。ほんっとに、どうしたらいいんだろうっていうくらい怖かったね」

「そうでしょうね」と私はうなずいた。

でも、うわべでうなずいただけだった。見えもしないのにはっきりと二人分の気配を感じ続けるということがどういうことなのか、想像するのはとても難しかった。先生が怖いと言う、その怖さの肌触りをいくら想像してみても、私は怖くなんかなかった。私は恐怖そのものではなく、先生が「怖い」と言った、その言葉だけしか持って帰ることができないのだった。先生が記録に矢野綾子の名前を見つけたときのショックを、私も感じてみたかった。

「だからそれ以来、自分の経験として怖い話を語る人についてはおれは、嘘でしょうとは言わないようにしてる。『風立ちぬ』はさ、婚約者が亡くなるところで終わるんじゃなくて、そのあと、堀辰雄が一人、死に取り憑かれたみたいになって、軽井沢かどっかの別荘に行って暮らすやろ。そのあたりのな、死によって押しつぶされそうになってる主人公の心情みたいなものがさ、そのままあの療養所にあると思ったね。人がたくさん亡くなってるところってのは、独特の雰囲気があるよな」

「ほかにはなんかないですか」と私は言った。

「あのな、昔聞いた話でめちゃくちゃ怖かったんがあるんやけどな」と先生は言いよどんだ。

「山科の、一号線のトンネル抜けて、えっとねえ、清水焼団地があるあたりかな、あそこらへんに昔、精神科病院があったらしいのは知ってるか？」

知らなかった。三十年ほど前には、心霊スポットとしてそれなりに有名で、学生たちがよく肝試しをしに訪れていたという。

「そこでの体験談を聞いたんや、そらもう背筋が凍るような話やで」

私は身を乗り出した。けれど、先生は、「いやこれはな、もう話すんやめたんや」

と言う。

「若いときはよく授業中に余談をしててな」

「そうでしたね」いちばんよくおぼえているのは、学生時代、恋人にキスをしようと迫ったら、恋人が仰向けに倒れて炊飯器で頭を打ち、炊飯器の蓋がぱかりと開いて彼女の背後からもうもうと湯気が立った、という話だ。

「その余談のレパートリーに、かつては恐怖体験談もあったんや。きみらのころにはもう封印してたんやけどな。……あのな、その話をしゃべってたらな、急に息苦しくなって声が出づらくなったんや」

私は不満だった。いっしょに息苦しくなって声が出づらくなってもいいから、その話が聞きたい。でも先生は、その話そのものではなくて、封印したときのことばかり話した。

「でな、息苦しくなってどうしたかっていうとな、教壇の真横にあるガラス窓を開けに行ったんや。生徒はみんな話聞いてるから、途中で終わるわけにもいかんし、なんとか最後までしゃべり終えて教室を出たらな。女の子が一人、血相を変えて出て来てな」

その女子生徒は、「先生、なんてことしたんですか」と突っかかってきたという。

「私の家は巫女の家系だから、私はいろんなものが見えるんです。先生は、あの話をしながらあろうことか窓を開けましたね。開けた瞬間、入ってきましたよ」

なにが入ってきたのか、入ってきてどうしたのかについては、その生徒は言おうとしなかった。ただ、先生がたいへんなことをした、とだけ繰り返した。

「そんなこと言われたら怖いやん?」と先生は言った。

この怖さならかんたんだ。私にもすんなりと理解できた。たしかにそんなことを強い口調で言われたら、とても怖い。

「それでな、実はな、おれ、窓を開けに行ったらよけい苦しくなってん……それがさ、その子の言うことと符合してるやん? だからさ、おれに見えてないもんでもこいつには見えてるんかもしれんなと思ったら、もうぞーっとして、金輪際この話はすまいと決めたんや」

それだ、と思った。その、窓から入ってきたと思しきなにかは、絶対に私にも見えない。見えないのだったら、出ても平気だ。それに、私だったら息苦しくもならないような気がするし、もし息苦しくなってもちょっとくらいかまわない。

私は、ぜひ先生にその話をしてくれるよう頼んだ。

「お願いします」

「あかんあかん」と先生は言った。

「あのな、肝試しに行って、その、そこで怖いもんに出会ったっていう話や」

「怖いもんってなんですか。どんなんですか」

「あー、その、あかん、怖いもんに出会って、ほんで行方不明になってしまった人の話や」

あと一押し、と思ったが、先生はかたくなだった。

「それっきり見つかったはらへんのや」

「え、行方不明ってことですか？　今もずっと？」

「そうそう。これを話してくれたのは行方不明になってしもた人の親友やからな、信憑性のある話やと思うんや」

「信用できひんな」とは言わなかった。どうがんばっても岡崎先生は口を割りそうになかった。

「まあおれが話せるのはこの二つやな」と言って、きっぱり口を閉ざしてしまった。

先生と私は、そのあとさらに一時間ほど京都市内の心霊スポットや未解決事件、まだ存命中の殺人犯について情報交換をおこなった。

帰りに繁華街に出て、大きな書店に寄った。『風立ちぬ』の文庫本は、複数の出版社から刊行されていた。

数日経ってから、やっと『風立ちぬ』を読んだ。

主人公の「私」は小説家だった。死んでいく節子をなすすべもなく見守りながら、節子との愛の生活を一篇の小説にまとめようとする小説家だ。実際に、矢野綾子が亡くなったのちに書かれたこの『風立ちぬ』の中で、節子は永遠に死んでいく。そして、一人になった「私」は節子を偲び、節子について記録した手帳を開く、つまり『風立ちぬ』を書くことが暗示される。

ぐるぐるまわっている。めまいがする。

『風立ちぬ』の巻末には、年表がついている。それによると、堀辰雄もまた結核に冒されており（小説の中でもほのめかされていたが）、富士見高原療養所には綾子と二人で入院している。そのとき、堀辰雄は三十一歳だった。綾子はその年のうちに亡くなり、堀辰雄は四十八歳まで生きてからやはり結核で死去した。

パソコンで、堀辰雄を画像検索する。眼鏡をかけた、神経質そうな顔があらわれる。前髪がばさばさと立ち上がっているせいで額が全開だ。昭和初期の作家といえばこんな感じかな、という顔をしている。

次に、矢野綾子を画像検索する。小さな画像しか見つからないが、目が大きく、鼻筋がしっかりしている。美人だ。彼女がどんな顔をしていたのか、私はまったく考えずに読んでいた。それより、年齢が気になった。文庫本の年表には書かれていなかった。パソコン上の画像の隣に、享年二十五歳とあった。

二十五歳なら、私はとっくに過ぎている。岡崎先生や年上の友人知人たち、夫、そして鏡に映る自分自身は大人のようには見えないのに、パソコンの画面に表示される矢野綾子の顔は、不思議に大人らしく見える。ごく軽く、胸がつかえるような感覚があった。

でももちろん、記録に名前を見たときに先生が受けたであろうほどの感情の動きはなく、したがってなにも出ない。あるいは出たことに気付いていない。

消えてしまうものたち

私は幽霊を見ない。

だが、私は幽霊を見たい。ただし、条件がある。

一人では見たくない。怖いからだ。大勢で目撃して、大騒ぎして、わっと逃げたい。その際、その大勢の中に、足の遅い私を置いて行くことのない細やかな配慮のできる人が三人はいてほしい。

もうひとつ、条件がある。これが満たされるなら、一人で見てもいい。

その出現する幽霊が、有名人の霊であることだ。それも、私が関心を持っている有名人であることが大切だ。そこらへんの知りもしない一般人の霊だったら怖い思いをする分見るだけ損だが、たとえば三島由紀夫や開高健の霊だったらどうか。ぜんぜん怖くない。むしろありがたい。見物料を払ってでも見たいではないか。

そんな、三島由紀夫や開高健の霊が出ることで知られる新潮社クラブに宿泊することになった。新潮社クラブとは、新潮社が社屋のすぐ近辺に所有する宿泊施設である。

新潮社で仕事をする文筆業の人なら、誰でも利用できるそうだ。見た目も中身も宿泊施設というよりは古い高級住宅という趣で、部屋は一階と二階にそれぞれ一室ずつある。

この（二〇一三年）夏、新潮四月号掲載の小説「爪と目」が芥川賞候補になった。こういった場合、地方在住の作家は、当人が希望すれば選考会当日は東京で結果を待つことができる。めったにない機会なので、私は大喜びで上京した。そして数時間後、幸運にも受賞が決まった私は受賞会見を終え、取材を受け、緊急に集まってくださった方々と飲んでから、夜半過ぎに新潮社クラブに戻った。

夫もいっしょだった。私と夫のために用意されたクラブの部屋は二階で、執筆室と和室の二間続きだった。和室のほうに、布団が敷かれていた。

「三島由紀夫の霊が出るといいなあ」私はうきうきしながら着替えた。開高健もすごくいいが、どちらか一方なら私は三島由紀夫がいい。

「いやや」

夫は心底嫌そうに言った。夫は本を読まないので、三島由紀夫のありがたさがわからないのだ。

「えーと」と私は考えた。「メッシの霊が出たらうれしいやろ？」と私は尋ねた。夫はサッカーのファンだ。

「メッシは死んでへん」と夫は言い、さっさと寝てしまった。夫はいつもあっというまに眠りに落ちる。

私は枕元にiPhoneとデジカメを揃えて布団に入った。もし出たら、夫を叩(たた)き起こしてiPhoneとデジカメ両方でツーショット心霊写真を撮ってもらうつもりだった。

しかし結局、三島由紀夫も開高健も、ありがたみのないふつうの霊すら現れなかった。私は新潮の担当編集者さんに「出ませんでした」と報告した。

「そもそも、一体誰が三島由紀夫の霊を見たんですか？」

「そういえば、ただ『出る』というだけで、具体的な目撃談は聞いたことがありませんねえ」と編集者さんは言った。

「でも、開高健ならありますよ」

その貴重な体験談は、以下のようなものだ。

部屋にはトイレと一つながりの洗面所も付いている。朝、某男性作家がトイレのドアを開けると、洗面台の前で太った中年男性が歯を磨いていた。え、なんで？　と驚きつつよく見ると、開高健ではないか。彼は、某作家には目もくれず熱心に歯を磨きながら、すうっと消えたという。

夫は一泊で帰ったが、私はそれから数日間新潮社クラブに泊まった。

滞在中、仕事でお会いした方から、「新潮社クラブに泊まってるの？　一階？　二階？」と尋ねられた。

「二階です」と言うと、「二階だったら、スティーヴ・エリクソンも泊まったことがあるよ。二階のあの執筆室の椅子に座って仕事をしていたよ」とたいへんな情報をいただいた。

私はクラブに戻るやいなや、用もないのにその椅子に座り、その場でぐるぐる回ってから念のためスティーヴ・エリクソンの生没年を調べた。亡くなったとは聞いたことがなかったが、やはりエリクソンはまったく亡くなっていなかった。しかし、生き霊ということもある。私は画像検索をした。すると、ゆるくウェーブのかかった白髪を肩すれすれまで伸ばした、堂々たる体格の壮年の男性の写真が出て来た。どの写真もすごくかっこよくて、作家というより俳優みたいだ。

私は開高健が出現したと思しき場所で洗顔と歯磨きをし、床の間を見つめてはそこへ膝を立てて座り、ボディビルダーみたいなポーズをとる三島由紀夫を思い描いた（古い週刊誌の巻頭グラビアで、そんなふうな姿の三島由紀夫を見たことがあるのだ）。眠るときには、「スティーヴ・エリクソンでも大歓迎です」と念じて眠った。

不審なことはなにも起こらなかった。私は三島由紀夫にも開高健にもエリクソンにも会えないまま、クラブをあとにした。

京都に帰っても、それで賞関連の仕事が終わったわけではなかった。ふだんは大阪にも遠いという理由でめったに行かないのに、東京と京都を行き来する生活がはじまった。

あれ以降は、新潮社クラブではなくふつうのホテルに泊まることになった。こぢんまりしたきれいなホテルだ。お化けは出そうにない。備え付けのシャンプーは紅茶みたいな色をしていて、とてもいいにおいがする。私は家では頭髪も石鹸でごしごし洗っているので、そこのシャンプーとコンディショナーを使うと、髪全体がふわりと軽くなった。

東京で課せられた仕事はすべて、雑誌やラジオなどの取材を受けることだった。私は真人間らしく日の高い時間からきちんと服を着て化粧をし、たくさんの人の質問に懸命に答えた。東京でも書き仕事をしようとパソコンを持参していたが、ちょっとしたメールのやりとりをする以外に出番はなかった。いったん京都へ帰っても、疲れ果てた私は直近に締め切りのある仕事をぎりぎりこなすのみだった。私は本来の仕事を溜めつつあった。

そのひとつが、この怪談実話の連載だ。締め切りが迫りつつあることは承知していたが、私が蒐集した怪談は、先に書いた開高健が歯を磨いていた話ひとつきりだった。私は東京で、タクシーに乗って一息ついたときにその事実を思い出し、にわかに焦り始めた。車内には、編集者さんが三人も乗っていた。私は、今すぐなにかしらの心霊体験を話してくれるようお願いした。三人もいるのだから、一人くらい金縛りにあったとか妙な声を聞いたとかあってもいいはずだ。すると、すぐに助手席に座っていた田中さん（三十代男性）が、振り返って口火を切ってくれた。私は iPhone の録音アプリを起動した。

田中さんの学生時代の話だ。

彼は友達と金沢でドライブを楽しんでいた。そのときも田中さんは助手席にいた。走行中、徒歩で道路をぽつぽつと横切って行く中年男性に出くわした。ランニングに大きなリュックを背負うその姿は、「裸の大将」そのものだったという。彼はそれなりに広い道路を左から右にまっすぐ歩き、車道の右端に到達した瞬間に消失した。

「え、今、消えたよな」と運転している友達が言った。

「消えた」と田中さんも言った。

「怖くもなんともなかったんですが、とにかく消えたんです。意味不明です」と田中さんも言った。さんは首をかしげた。

「怖くなくてすみません」と田中さんは言ったが、私とあと二人の編集者さんたちは満足し、「えー不思議」とか「なんだったんだろうねえ」とか「ほんとに山下清(やましたきよし)の霊なんじゃない？」などかわるがわる声を上げた。

しかし、満足しなかった人がいた。タクシーの運転手さんだ。

「いやあ、怖い話というとねえ」と彼は声を張り上げた。

「おおっ、なんかあるんですか」

私は iPhone を運転手さんに向けた。田中さんが私から iPhone を受け取り、より録音しやすい位置に掲げてくれた。

「タクシーの運転手さんってそういう体験、多そうですよね」

「お化け乗せたとかですか？」

「いやあべつにないですよ、そんな、ねえ」

そう言いながら、運転手さんはうれしそうに話を始めた。

その朝、運転手さんは新宿のとあるビルの前にタクシーを止め、自動販売機で飲み物を買った。すると、ダーンとものすごい音がした。

「段ボールの束のくったやつをね、一気に床に叩き付けたような音ですよ。ダーン！　ってね」

飛び降り自殺だった。運転手さんのすぐ先で、若い男性がうつぶせになって死んでいた。しかし、男性は顔までうつぶせにしていたわけではなかった。半ばのけぞったその顔は運転手さんを見上げ、両の目はしっかりと見開いていた。運転手さんは驚いて立ち尽くした。その結果、彼は死んだ男性と、しばらく目を合わせたままいる羽目になった。

二、三日して、左肩が重くなり、腕が上がらなくなった。運転手さんは五十肩だろうと思った。湿布を貼ったり、揉み解したりしたが、いっこうに良くなる気配はなかった。

それからさらに二週間ほどが経って、仕事の関係で弟が近くに来るというので、食事をすることにした。弟は一目見て、運転手さんが肩を痛めていることを見抜いた。弟でなくとも、誰が見てもわかるくらいに、肩は悪くなっていた。

「兄ちゃん、どうしたんだ」と尋ねられ、運転手さんは「まあ俺も年だな」と苦笑してすませた。

しかし、ふと飛び降り自殺を目撃した話をすると、「それだ」と弟が言う。真剣な表情で「兄ちゃん、お祓いをしてもらえ」と繰り返すので、運転手さんは翌日、半信半疑で神社を訪ねた。

すぐに神主さんが出て来て、正座する運転手さんのまわりをうろつきながらなにやら唱え、御幣で両肩に触れた。途端に、上半身だけががくがくと震え始めた。抑えようとしても抑えきれなかった。運転手さんはしまいには倒れ込むかというほどに大きく震えたが、それは上半身だけで下半身はなにごともなく正座しているのだった。

肩の不調は、それで完治した。

「だからね、なにごとも巡り合わせなんですわ」運転手さんは運転しながら、ほんの少し体を左に傾けて iPhone に口を寄せていた。

「弟とはめったに会わんのですわ。それがああなってすぐにやってきて、ぼくがたまたま飛び降り自殺の話をして、すぐ神社行って来い、ということになって……あのとき弟が来んかったら、今でもただの五十肩だと思ってずうっと湿布貼ったり鍼に通ったりしながらだましだまし仕事してやっとったと思いますわ」

タクシーを降りると、残る二人の編集者さんが「実は私も怖い話があります」「私もです」と言った。一人くらい、どころか、編集者さんが三人とも当たりだったとは。しかも、タクシーの運転手さんもだ。私は編集者さんたちにすがりついて「これで原稿が書けます」とお礼を述べた。

食事をしながら、まずは杉村さん（五十代女性）の話を聞くことにした。

体験したのは杉村さんご本人ではなく、杉村さんの叔父さん、つまりお母さんの弟だ。

昔、叔父さんがまだ小学生だった頃、家族でとある旅館に宿泊した。

夜中、彼がふと目を覚ましてそっと布団を出ると、窓の向こうの真っ暗な中庭に白くかかとが浮かび上がっているのが見えた。部屋は一階だったから、人の姿が見えてもそれほどおかしくはないのだが、どんなに目を凝らしても行儀よく揃ったその一組のかかとしか見えなかったという。それも、とても小さなかかとだ。あれは子どものかかとだ、自分と同じくらいの、と彼は直感した。子どもが一人でこんな夜遅くに外にいるのだろうか。叔父さんの心はざわついた。彼はまだ、そんな遅くに一人で出歩いたことなんてなかった。にわかに、彼は夜の中へ飛び出したくなってきた。それができれば、もう自分はそれまでとはちがう、新しい自分になれる。そんな気さえした。白い小さなかかとはますます白く、輝き出すようだった。

叔父さんは振り返って、布団を並べて眠る両親と姉を見た。両親と姉のあいだにある乱れたからっぽの布団は、彼のものだった。彼は再び窓に目をやった。すると、かかとは消えていた。叔父さんは、結局外へは行かなかった。しばらく子どもがこちらに戻って来るのではないかと気にして見ていたが、とうとう誰も来ることはなかった。

一年ほどののちのある日、叔父さんは両親が小声で会話しているのを聞いた。「ほら、去年泊まった旅館のすぐ近く……」「かわいそうに」「ずっと行方不明だった子らしくて……」「それがやっと……」

「何の話?」彼が割って入ると、「盗み聞きするんじゃない」と叱られた。

「ずいぶん古い話ですし、母方の祖母の十三回忌の席で叔父から聞いたことなのでさだかではないんですけども」と杉村さんはひかえめに微笑んだ。

怖い。またそれだけでなく、とても悲しい話だ。私はやはり見る霊は選びたい。見るなら、三島由紀夫や開高健や山下清の霊がいい。

私は最後の一人、中江さん（四十代女性）に「お願いします」と言った。中江さんの話がこれより怖いのじゃなきゃいいな、と思った。

「これ、つい三日くらい前の話なんですけど」

中江さんは自宅の寝室で眠っていた。夫はまだ起きており、別の部屋で過ごしていた。

中江さんはうつぶせで眠る癖がある。その日もうつぶせで眠っている最中、とつぜんなにかがずっしりと背中にのしかかってきて目覚めると、金縛りにあってしまった。助けて、と叫びたくても声が出ず、必死に腕に力を込めると、なんとか右腕だけが動く。必死になってその手を肩越しにうしろにやり、触れたものを摑むと、それはまちがいなく男性の短く刈られた頭髪の感触だったという。

彼女は恐怖を忘れた。

――これは若い男だ！

頭髪はたっぷりとしており、一本一本がしっかりと太く、いまだ禿げの兆候はなかった。中江さんは気分が高揚していくのを感じた。イケメンだろうか。

と、その瞬間、男は消えてしまった。

「若い男だ！　って気付くまではものすごく怖かったんですよ」ほがらかに笑いながら中江さんは締めくくった。

翌日は、新潮社内のスタジオで写真を撮っていただいた。カメラマンの男性はとてもさわやかで楽しい方で、私が以前写真をやっていたと聞くと、写真部の一画に招き入れてくださった。

デスクには巨大な画面のパソコンが並んでおり、ほとんどそれだけだ。すっきりと片付いている。

「暗室も一応、あるんですよ」カメラマンさんは、脇にあるドアを開けてくれた。覗（のぞ）くと、現像液や定着液のトレイを置く流しに、カメラのレンズやその他の精密な機材が無造作に置いてある。本来はそこは水場なのだが、もう長いことそういった用途では使っていないので、ただの物置と化しているのだった。奥には引き延ばし機もあった。私はモノクロ写真しか焼いたことがなかったが、その引き延ばし機はカラー写真を焼くためのものだった。引き延ばし機の、印画紙を固定する台にもライトやレンズの箱が積み重なっていた。

　京都に帰る間際になって、思い立って「新潮社のクラブじゃなくて社屋のほうでは、幽霊のうわさはないんですか？」と担当編集者さんに聞いてみた。

　新潮社の社屋は、深い青色をしたレンガを外壁に持つ渋くて洒落た建造物だが、古そうでもある。階段なんかはかなり薄暗いし、見ようによっては怖いかもしれない。

　彼女は「ないですねえ……」と考え込んでいたが、「あっ」と顔を上げた。

「藤野さんをご案内した写真部の暗室ですけど、昔は写真はみんなあそこで焼いていたんですよ、週刊誌が扱ったいろんな事件や事故の写真も。そうすると、やっぱり死体の写真なんかも焼くでしょう？　だからやっぱり、その当時はしょっちゅう出るだの出ただの言われてたらしいですよ」

「ああ、それはいかにもありそうな話ですね」と私はうなずいた。

　私は新幹線の中で、自分のiPhone内に保存している画像をひとつひとつ見返した。いつもならデジカメを出してちょこちょこ撮影するのだが、この夏はあまりにも忙しかったために、かばんからデジカメを出す暇がなかった。iPhoneでも、ほとんど撮ることはできなかった。受賞を知って駆けつけてくれた友人たちや編集者さんたちに撮ってもらったものが続々と送られて来ており、私はそれらを保存しているだけだった。

私は写真と共に、いただいた数々のメールも見返した。数日経っているのにまだ未読メールを発見するくらい、たくさんのメールが iPhone の中にあった。

選考会の夜から一ヶ月が経つころ、iPhone が動作不良を起こした。

私は京都の自宅でぐったりと横になり、iPhone でネットサーフィンをしていた。私はニコラス・ケイジのファンで、日頃からよいニコラス・ケイジの画像を見かけると即保存するようにしているが、そのときもそうだった。とてもよいニコラス・ケイジの写真を発見し、保存した瞬間、iPhone の電源が落ちた。私の iPhone 4sはそれまでにもときどき不具合を起こしていたが、とつぜん電源が落ちるなんてはじめてだった。

私はあわてて電源ボタンを長押ししたり充電器に繋いでみたりしたが、どうにもならなかった。初期化するしかなかった。

前にバックアップを取ったのはいつだったっけ、と考えた。たしか選考会の日の午前中だった。新潮社クラブで書き物の仕事を片付けているあいだ、iPhone を充電しておきたくて、パソコンに繋いだのだった。あれが最後だ。

私は観念して iPhone をパソコンに繋いだ。画面に表示された最終バックアップ日時は、私の記憶のとおりだった。iPhone は初期化されたのち、その日時までの状態に戻った。つまり、iPhone は芥川賞受賞以前に戻った。

それは、いただいたお祝いのメールも写真も、みんな消えたということだった。それに、編集者さんたちとタクシーの運転手さんによる怪談の音声も消えてしまった。

怪談蒐集に使用したボイスレコーダーや心霊スポットを撮影したデジカメなどの電子機器がおかしくなってしまうという現象は、わりによく聞く。たいていは録音した音声を書き起こす段になって聞いてみると、とある話者の声がすっぽり抜けているだとか、気味の悪い音声が入っているだとか、あるいは打ち込んでいる最中のパソコンがフリーズを繰り返すとかデータが消えるといった話だし、デジカメであれば撮影時にシャッターが切れなくなったとかレンズが出たり引っ込んだりを繰り返して使い物にならないとか、撮れたと思った画像があとから見返すと真っ黒だとか、なんにせよ、蒐集した当の怪異をなんらかの形で取り扱おうとした際に起こることばかりで、それだから心霊現象の一種として恐れられ、人の口にものぼるのだ。私の iPhone のデータが失われたのは、心霊現象とはいっさい関係ない。霊のせいじゃない。強いて言えば、ニコラス・ケイジのせいだ。

それ以来、私は復活した iPhone ４ｓにニコラス・ケイジの画像を落としていない。

ところで、この原稿を書くために、話を聞かせてくださった編集者さんたちに事情を話して再度確認をとった。

すると、中江さんから後日談を聞くことができた。あの話をしてくださった十日後、またしても同じ状況で背中にのしかかってくるものがあったというのだ。

うつぶせで眠っているところを襲われた中江さんは、今度は相手が首に右腕を回してぐっと顎の下をしめつけてくるのを感じた。彼女はとっさにその力強い右腕に噛み付いた。噛みちぎる勢いで、強く噛んだ。すると、相手も中江さんの右腕を噛んだ。

そこまでだった。頭髪豊かな若い男性と思しき幽霊は、消え去った。しかし、中江さんの口にはたしかに男の右腕を一部食いちぎった感触が残っており、おまけに口腔内には残留物があった。枕に吐き出してみると、それは糸状のものがからみついた白い大きな爪のようなものだった。彼女はぞっとして飛び退き、震える手でそれを床に払いのけた。

「そのときは本当に怖くて、ぜんぜん震えが止まらなかったのに変なんですよ。私、またすぐ寝ちゃったんです。ふつうそんなの、寝直すなんてできないですよね」

翌朝、目が覚めると、彼女は自分の右腕に噛み跡が残っているのを見た。寝ぼけて自分で噛んだのだろうか、とぼんやり考えた。だが、だんだんと頭がはっきりしてきて、それが自分の歯型であるはずがないことに気付いた。その歯型は、人間のものとは思えないほど大きかったのだ。

「昼過ぎには消えて、跡が残らなかったことにほっとしたんですけど、今から考えてみれば写真に撮っておけばよかったですね。なんで撮らなかったんだろう。その、爪みたいなものも、あとで探したんですけど見つからなかったんです」

「残念ですね」と私は心から言った。なんにせよ、消えるものは消えるのだ。

「残念です」中江さんも、実に残念そうに答えた。

国立民族学博物館の白い犬とパリで会った猫

私は幽霊を見ない。

見ないどころの話じゃない。声を聞かず、においも嗅がず、触れもしないし、舐めたりもしない。五感のすべてで、幽霊を認知しない。気配すら感じない。だから正直に言うと、私は幽霊なんていないんじゃないかと思っている。もっと正確に言うと、絶対にいない、と思っている。少なくとも、私やあなたがこの世に、数十キロの肉と血でもって存在しているのと同じようには。

幽霊がいるとすれば、きっと脳の中だ。幽霊は、脳の神経組織を行き来するはかない電気信号であるにちがいない。そうであるとするならば、幽霊は想像にとても似ている。

ところで、私には想像上のペットがいる。猫だ。エア猫。私は家でその猫を抱いたり、撫でたり、膝に乗せたりして過ごしている。ときどき、エア猫が私のパソコンのキーボードの上でぐっすり寝ているので、仕事ができなくて困る。

エア猫は、肉と血を備えた猫みたいに毛が抜けない。ダニ・埃アレルギーを持つ私の体を刺激しない。私の手に傷をつけないし、壁や家具も傷つけないし、水もご飯も用意しなくていい。粗相もしない。太らず、痩せず、病気にならず、怪我もせず、死なない。出張先にもかんたんに連れて行ける。電車にもバスにもいっしょに乗れる。ケージもリードもいらない。お金は、一円もかからない。

欠点もある。私のエア猫は見えないしあたたかくないしやわらかくないし重さもないし鳴かない、私が忘れると消える。消えてしまう。私はエア猫をかわいがりたいときは、エア猫のことしか考えてはいけない。そんなのってないと思う。本やテレビや仕事に集中するといなくなってしまって邪魔ひとつしてくれないなんて、ひどい。実に猫らしくない。

そんなことを考えていたら、大学時代にアルバイト先のゲームセンターで三週間だけ一緒だった林さんの話を思い出した。

林さんはその頃、八畳1Kの部屋に引っ越してきて三ヶ月が経っていた。夜、林さんはくたくたになって部屋に帰って来た。バイトを掛け持ちしていて、丸二日寝ていなかったのだ。ああこれでやっと眠れる、と布団に倒れ込んだ。

すると、金縛りにあった。金縛りといっても、首だけは動かせる状態だった。壁を向いていた林さんは朦朧としながらもがき、肩越しに台所のほうを振り返って薄く目を開けた。シンクに黒いもやのようなものが覗いていて、もやの中には二つの光る点があった。目やな、と彼女は思った。覗かれているのは彼女のほうだ。

そのことに気付いた途端、その黒いもやのようなものが瞬間移動かと思うほど素早く跳躍し、林さんの腰に乗った。にゃあ、と鳴いた。

しかし林さんはとてつもなく眠かった。強盗に押し入られたのでないのなら、彼女が望むのは、安眠だけだった。彼女は自分が金縛りにあっていたことも忘れ、「邪魔邪魔！」と叫んで大きく腕を振り、寝返りを打った。黒いもやは、にゃああああああと恨みがましい鳴き声を残して消えた。

その黒いもやはもう二度と来ることはなかったが、林さんはあれは猫の幽霊だったと確信していた。そのアパートのすぐそばの川では、ひっきりなしに猫が捨てられていたからだ。小さな子猫にあとをつけられて、「ごめん、うちでは飼えないから」と走って逃げることも少なくはなかった。

「だから、猫の幽霊くらいいたっておかしくないわな、って思ったんやけど」と林さんは言って、制服のベルトループからつながった鍵でクレーンゲームのプラスチックの窓を開けた。午前中で、フロアには私たちしかいなかった。私は林さんが、景品のぬいぐるみを持ち出すのかなと思った。ときどきそうやって、堂々と景品を自分のものにしてしまうアルバイトの姿を私は何度か見たことがあった。でも、林さんは、山と積まれててっぺんでひっくり返っている猫のぬいぐるみをまっすぐに置き直すと、すぐに窓を閉じて鍵を掛けた。

これだ、と私は思った。たとえ幽霊が脳の中の電気信号だとしても、それは自分でやる想像よりもずっと強い電気信号だ。

うちの近所に、野良猫のいる駐車場がある。通るたびに猫の数がちがうのでよくわからないが、おそらくは四〜五匹がそこに住んでいるものと思われる。野良猫たちは、ブロック塀の上で寝たり、アスファルトで伸びて寝ていたり、車止めに腹這い（はらば）になって寝ていたり、とにかくだらだらとしている。その駐車場の裏にはなにかの会社があり、夫によるとそこの会社の人はしばしばエサをやりながら野良猫たちを自在に転がして撫でているとのことである。

その猫たちは、私にはめったに撫でさせてくれない。夫は、仕事帰りにたまに撫でさせてもらっているという。しかも、撫でさせてくれるとなれば、ちょっと呼んだだけで複数がとことこと駆け寄って頭を差し出すというではないか。私は悔しい気持ちを押し殺し、撫でさせてもらったと自慢げに言うときの夫と、猫の話題を持ち出さないときの夫をよく観察した。結果、撫でさせてもらった日の夫はコンビニ袋を持っていることがわかった。

「あんたそれ、エサもらえると思って撫でさしてくれたはるねんで」

夫の袋の中味は、チョコレートやビールや、私が頼んだヨーグルトだ。

「今ごろ、うおーあいつ俺ら撫でときながらなんもくれへんかった！　信じられへんマジあの人間キモい！　って言われてんで」

夫は私になにを言われてもへらへらしている。野良猫も野良猫で、夫を個体識別していないのか忘れっぽいのか、何度でもコンビニ袋を持った夫に引っかかっている。

私は夫のような卑劣な手段は使わない。丸腰で駐車場を通りかかり、野良猫たちに近付く。野良猫たちはめんどくさそうに薄目を開けたり、ちょっとだけ首を持ち上げたりしてこちらを見る。私は一定の距離を保ったままでしゃがみこみ、話しかける。

「あのな、死んだらな、うちに来いひん？」

猫たちの反応は様々だ。ゆっくりとしっぽをアスファルトに叩き付けていたり、あくびをしたり、寝直したり、目をまんまるに開いていぶかしげにこちらを見たりしている。

「私のマンション、あっち。死んだらいつでもおいで。かわいがるから。私のパソコンの上で寝てもいいから」

駐車場の猫たちは、まだ一匹も来ない。来ているのかもしれないが、気付かず私は自前のエア猫を撫でている。

酒の席で、私はべそをかいた。私もツイッターで猫の写真を流して自慢したいよう、と嘆き、死んだ猫が来たら心霊猫写真撮ってインスタグラムでおしゃれに加工するねん、と夢を語った。

「犬の幽霊でよかったら、国立民族学博物館にいるよ」と栄子さんが教えてくれた。

栄子さんは、友人と二人で展示室から展示室へと見回っている最中、とあるひとつの展示室に白い犬がいるのに気付いた。不思議なことに、彼女は博物館内に犬がいることをまったく不思議に思わなかったという。

「それってなんの展示のあった部屋？」

「えーっとねえ、たしかなんか勾玉があったような……」

犬は、そこにいるのが至極当然のような落ち着いた様子で、静かにうろうろしていた。栄子さんは、次の展示室に移ってからはじめて「なんで犬がいるねんろ？」と思い至り、友人に「なあ、さっきの犬さあ」と話しかけた。

「犬？」栄子さんの友人は驚いて振り返った。彼女は犬なんてまったく見ていなかったのだった。栄子さんと友人は引き返して前の展示室を覗いたが、犬はいなかった。

「犬かあ……犬なあ……」と私はうめいた。私は犬もきらいじゃない。むしろ好きだ。子どものころ、近所の犬が半ば開いた戸口から表の通りに半身を投げ出して寝そべり、この世にはなにもおもしろいことはない、というような絶望した顔をしてくにゃくにゃになっているのを見るのが楽しみだった。

「でも犬は散歩に連れて行ってあげなあかんやんか……」私は力なく言った。散歩に連れて行ってもらえるまで、あの犬はずっとくにゃくにゃのままだった。私は引きこもりなのだ。引きこもりに、毎日の犬の散歩はあまりにも荷が重い。心霊犬が絶望のまなざしで私を見つめる中、眠ったり仕事をしたりするのはさぞかし辛いだろうと思う。

「だから犬はやめとく」

栄子さんは、「まあでも行ってみてよ、国立民族学博物館。あそこ、犬なしでもほんますごいから」と言った。あそこがすごいところだというのは知っている。もっとも、最後に行ったのは十五年くらい前だ。

「それに、犬以外にもなんかいろいろ変な話ありそうやし」

「行く行く。取材に行く」と私は答えた。

国立民族学博物館には、まだ行っていない。うちから万博記念公園内にあるその館まで一時間もかからないはずだが、引きこもりにはちょっとした距離だ。

しかし、うちから二時間半くらいかかるとある大学には行った。招かれて講演をさせていただくことになったのだ。そういうときには、私も家から出る。

私は当日、大学に着いてしまってから、講演なんて一人じゃ無理だ、と震え始めた。どうかどなたかと対談させていただく形式にしてください、と私はお願いした。大学側は慌てず騒がず、あっというまに文学部の東先生がその相手になってくださることが決まった。東先生は、眼鏡をかけたひょろっとした男性だった。壇上にはまず先生が一人で上がり、私の作品について紹介と説明をしたあとで私を呼ぶ、という段取りになった。

講演時間になった。私は生徒さんたちと同じ席に座り、拍手をした。東先生が講演の趣旨を話し始めた。私の小説のタイトルを挙げ、解説がなされている。と思ったら、その話が犬の話になった。

「えー、ぼくには小さいころから犬がいましてですね、白い犬です」と先生は快活に話した。

「誰にも見えない犬です。ほんとうはそんなものはいないんです。でも、ぼくにとってはいるんです。当たり前の存在なんですね。いつも、ぼくのまわりをちょろちょろしてるかわいいやつでした」

生徒さんたちはいっせいに笑った。私は驚愕していた。また白い犬だ。

誰にも見えないことはわかっていたが、東先生にはその犬の姿が見えていた。もっとも、しっかり正面から見たことはなかった。いつも目の端にちらちらと映っているだけだった。でも、それでじゅうぶんだった。東先生は、その犬が自分を見守ってくれていることを心強く思っていた。不安なとき、ちょっとした失敗をしたとき、緊張しているときも、その犬が自分の膝のあたりに体をすりつけるようにして存在しているんだということがわかっていた。

「それが、このところ見ないんですよね。このところっていうか、結婚して、子どもができて、さて、と思ったら、いないんです。妻は、そりゃ私がついてるからよ、もうしょっちゅう見守ってなくても大丈夫って安心して、どっか行ってるんじゃない？と言います。まあでも、ぼくが気付いていないだけで、今もいるかもしれませんけどね」

先生は、私の小説には、そのようなありえないことが、当事者にとってはごく当然であるときのその当然さをもって書いてある、というようなことを言った。

私の名前が呼ばれた。私は壇上に上がり、先生の脚のまわりを気にしながら話をした。

今年（二〇一四年）に入ってから、私はまだ国立民族学博物館には行っていないのに、パリへ行った。これも仕事だった。

私は、友達の友達のお姉さんがイギリスに旅行したとき、イギリス人女性の幽霊に襲われた話を思い出していた。せっかく外国に行くのだから、ついでに私も現地の幽霊に会ってみたい。

私は編集者さんに「パリではパリジェンヌの幽霊を見ようと思います」と抱負を述べた。編集者さんは私にそんなものを見せるために予算を組んで連れて行ってくれるわけではなかったが、「そうですか」とやさしく笑っていた。

滞在中、私と同じ年頃の橘さんという女性と知り合った。橘さんは、仕事でしょっちゅう海外を飛び回っていて、パリにはちょっとしたついでで寄ったとのことだった。パリにちょっとしたついでで寄る同年代の女性を、私は誰にも見えない白い犬を前にするのと同じくらいの衝撃をもって見つめた。

彼女は、「外国人の幽霊は見たことないですけど、それに近いようなものなら見ましたよ」とこともなげに言った。

それは、マン島でのことだった。マン島。私はまたしても衝撃に言葉をなくした。マン島といえば、グレートブリテン島とアイルランド島のあいだにちょこんとあるアレだ。私はおそらく生涯マン島へ行くことはないだろう。

しかし、橘さんは私ではない。橘さんはマン島へ行ったのだ。そこで、彼女は島の外周を沿って走る列車に乗った。

「車内はガラガラでしたが、私の座っている位置から、外のデッキに出てそこの手すりにひょいと腰掛けてるおじさんが見えていました。それが、どう見ても小さいんです。まるで人形みたいに」

あれは妖精だったんだと思う、と橘さんは言った。マン島には、妖精の伝説が数多く存在するという。

その小さなおじさん妖精は、橘さんと目が合うとウィンクをしてぴょんと走行中の列車から飛び降りた。ウィンク。さすが外国だ。

私はホテルの個室で、エア猫を腕に抱いてベッドに入り、幽霊を待った。友達の友達のお姉さんは、襲いかかって来たイギリス人女性の幽霊がなにごとかを必死に叫んでいたのに対し、その言葉を理解することも返事をすることもできなかったが、私はボンソワくらいは言おう。そう覚悟して、眠った。しかし、朝が来ただけだった。

「もしかしてなにか出てたのに、追い払った？」私はエア猫に尋ねた。

エア猫は、にゃーんと鳴いた。エア猫、ここでにゃーんと鳴く、と私は思った。

がっかりしている私を、女性の編集者さん二人がかわるがわる慰めてくれた。

「じゃあ怖い話をしてください」と私は無理強いした。

「えーと」と、一人が言った。「そうそう、金縛りにあったことがあります。あれはすごく怖かったですよ」

彼女は、金縛りにあうのはそれがはじめてだった（私はまだだ）。就寝中のことだった。彼女はそもそも、自分が金縛りにあうかもしれないなどという可能性を頭に置いて生きてはいなかったために、誰かが彼女の体を押さえつけているのだと思った。彼女は寝返りを打って、その誰かの顔を見ようとした。しかし、できなかった。わずかに動いた彼女の体を、今度ははっきりと手とわかるものがあらためて押さえつけたのだ。

「結局、誰かが侵入してきてたわけじゃなかったので、金縛りなんだな、と納得するしかなかったんですけどね。まあ金縛りでよかったです」

「そうですよね。侵入者のほうが明らかにヤバいですよね」

「そういうのなら、私もありますよ」もう一人の編集者さんが、小さく手を挙げた。

「私は、金縛りだったかどうかはわかんないんですけど、とにかくすごく怖い夢を見たんです」

それは、年末のことだった。引っ越しを翌日に控え、彼女としては早めに床についた。激務に追われる彼女にとって、まとまった休みをとれる年末は引っ越しには最適だった。

新しい引っ越し先は、近くにスーパーやコンビニなどがあり、暮らしやすそうだったので決めたのだが、ひとつ不安材料があった。その物件は、一階のオートロックのドアから入ってエレベーターで上階に上がるタイプのマンションではなく、誰にでも上れる外階段で行き来するタイプのマンションだったのだ。しかも、夜になればそのマンションの付近は暗く、人通りも少ない。

女性の一人暮らしなのに、あれで大丈夫だろうか。忙しさにかまけてさっさと契約してしまったが、もっとちゃんとしたところにしたほうがよかったのではないか。彼女は、思い悩みながら眠りに落ちた。そして、怖い夢を見た。

夢の中で彼女は、覆面をした男二人に両脇から押さえつけられていた。泣き叫び、もがいたが、体はびくともしなかった。一方の男が注射器を取り出し、彼女の首に打った。殺される、殺されるんだ、私は今殺されたんだ、とはっきりわかった。

目が覚めたとき、彼女は自分の体が無事で、単に眠っていただけだということが信じられなかった。目のあたりには泣いたあとのような腫れぼったさがあり、喉もさっきまで実際に叫んでいたみたいにだるかった。

朝になっても、夢の中で感じた恐怖の余韻はいっこうに去らなかった。彼女は、引っ越しを取りやめて違約金を支払った。その日のうちに、昨夜都内で殺人事件があったことをニュースで知った。

「その事件の被害者の方の名前は……」編集者さんは少したmonths躊躇ってからその名前を口にした。

「え？」と私は聞き返した。

「そうです。私と同姓同名なんです。漢字も同じです」

私が怖い夢を見ているまさにその時間に、私と同じ名前の人が実際に恐ろしい目に遭っていたんだ、と彼女は思った。

「別に私の夢と事件はなんの関係もないんですけどね、だいたい犯人は二人じゃなかったし、覆面とか注射とかも特にニュースでは言ってませんでしたし」

私たちはワインを飲んでいて、すぐに次の話題に移った。でもたぶんその席にいたみんなが、今この瞬間、世界のどこかで誰かが殺されていることを感じていたと思う。そして、いつか世界のどこかで誰かがワインを飲んでいるとき、自分が殺されている最中かもしれないってことも。

パリでは、私はパリジェンヌの幽霊のほかに、生きた野良猫を見ることも楽しみにしていた。パリの猫はもしかしたら観光客慣れしていて、お願いしたら撫でさせてくれるかもしれない。

しかし、パリには野良猫はいっさいいなかった。しばしばパリに出張しているという編集者さんに聞いてみたところ、やはりパリで野良猫を見かけたことはないという。飼い猫はたくさんいるはずだが、基本的に完全室内飼いされているので、そこらへんの道を歩いていることはまずないらしい。

「つまんないねえ」私はトートバッグから顔を出している私のエア猫に、声には出さずに話しかけた。

最終日に行った国立自然史博物館で、私はパリではじめて猫を見た。

小さな猫だった。片手でやわらかなお腹をつかんで持ち上げることができるくらいの大きさだった。

その猫は真っ白で、両手両脚を大の字に広げ、お腹を全開にして瓶の中におさまっていた。お腹の中身はごっそり取り除かれていて、背中の皮膚に張り付いた背骨とそこから歪曲（わいきょく）して伸びる肋骨（ろっこつ）の、根元からの半分だけが残されていた。こちらへ伸びて来て肺と心臓を守る分は、なにもない全開のお腹を見せるためなのか、切り取られてなくなっていた。ラベルには美しいカリグラフィーで「Chat」とあった。

私は写真を撮った。ホルマリン標本棚のガラスに、デジカメをかまえる私の手が写り込み、まるで私がその小さな猫のお腹をつかんで持っているみたいに写った。

私は、編集部がつけてくれたフランス人のガイドさんといっしょだった。その人に、「もう死んでるからうちに来ない？　日本だけど」とはフランス語でなんと言うのかを教えてもらおうとした。だが、どうしても切り出せなかった。私は彼女といっしょに、ゆっくりと猫の前から歩き去った。だから、あの猫はうちには来ていないと思う。

「来てないよね？　ほら、あのパリで会った猫」と私はエア猫に尋ねる。エア猫は、「来てない」と言いたげに頭を振り、にゃん、と小声で鳴く。ここでエア猫、「来てない」と言いたげに頭を振り、にゃん、と小声（すごくかわいい声）で鳴く、と私は思う。

ついに幽霊とニアミスする

まだ幽霊を見ない。

愛読しているちくま文庫の『文豪怪談傑作選・特別篇 文藝怪談実話』には小林秀雄の「菊池寛」という随筆が入っていて、小林秀雄本人ではなく、菊池寛の心霊体験が紹介されている。それによると、菊池寛は昭和十四年十一月に講演旅行で訪れた今治市のS旅館で幽霊を見た。洋服を着たまま寝床で読書をしているうちに眠り込んでしまった菊池寛が胸苦しくなって起きると、若い男が馬乗りになって首を絞めようとしている。抵抗したところその男の口から血が流れ出したので、幽霊だとわかった。菊池寛は幽霊に、「君は、何時から出てるんだ?」と尋ねる。幽霊は「三年前からだ」と返答する。

この、心霊に寝込みを襲われるというのは非常によくある話で、私が聞き集めることができたのも大半がそのパターンだった。みんな疲れたはるんやなとつくづく共感する。ともあれ、こう多いと、このさき万が一にも私が幽霊を見るとしたら、就寝時をおいてほかにはないだろうという気がする。

そこで、この菊池寛の体験談がたいへん参考になる。せっかく出たからには、コミュニケーションをはかりたい。「君は、何時から出てるんだ？」ととっさに尋ねる菊池寛は最高だ。だって「君は誰だ？」と尋ねて名前を名乗られてしまったらこちらの名前も教えなくてはならなくなるだろうし、いきなり「なぜ出てるんだ？」だと初対面なのにプライベートに踏み込みすぎるし、「どうやって出てるんだ？」はこちらの好奇心まるだしでやや不謹慎である。そこへいくと、「何時から出てるんだ？」は、答える側に負担がない。シンプルに「いついつからだ」で事足りる。だから、会話の糸口としては、これがもっとも礼儀にかなっている。

私もいつか幽霊に遭うことがあったら、ぜひ菊池寛を真似て「君は、何時から出てるんだ？」と尋ねたい。君、という呼びかけも、「出てるんだ？」という言い回しも、私にとっては馴染みのないものなので、本番でまちがえないようにときどき独り言で練習している。

さて今回も、寝込みを襲われた人の話を聞いた。大学の先輩が、上司の方にわざわざ聞いてきて私に教えてくれた。

彼が子どものころの話だ。一家は古い木造家屋に住んでいた。彼はまだ個室を与えられておらず、階段箪笥を上ったところにある二階の一室で兄、祖母と三人で寝ていた。ある夜、彼はみしっ、みしっ、と板を踏む足音で目を覚ました。木の引き戸の向こうで、誰かが階段箪笥を上って来ている、と思った。

彼は、あたたかい布団を這い出し、にじりあるいて引き戸に身を寄せた。しばらく迷ってから、静かに開けた。途端に、足音はやんだ。戸の少し先で、頭から血を流した甲冑姿の落ち武者がじっとこっちを見ていたのだ。

彼は恐怖のあまり動けず、武者のほうも彼を見つめるばかりだった。そのとき、とつぜん彼の背後で、祖母が「誰じゃー!」と叫んだ。祖母はふだんはそんな語尾は使わない。時代劇の人が使う言葉だ、と彼は思った。落ち武者は、姿を消した。祖母は横たわったままで、そばに寄ると寝息を乱さずに眠っていた。兄も同様だった。

翌日彼は、一応祖母に昨夜の記憶があるかどうか確認をとった。祖母はおぼえていなかった。

「あんた、なに言うてんのやな」と言われた。

それから何年も経って、高校生になった彼は再び、というか、今度こそ寝込みを襲われた。

そのころは一家は新しい家に引っ越しており、彼にも個室が割り当てられていた。ある夜、彼は自室のベッドでどうにも寝苦しくて目が覚めた。すると、中学生くらいの全裸の女の子が掛け布団の上に四つん這いになって彼の首を絞めているではないか。女の子は彼の真上二十センチくらいの距離まで顔を近付けてきて、こちらを凝視している。彼はそれまで、女の子とそんなに顔を近付けた経験がなかった。おまけに、その女の子はデビュー当時の桜田淳子を彷彿とさせるようなかわいらしい子だった。

「えーと、上司さんは首を絞められたはったんですよね？　ずいぶん余裕ですね」と私は先輩に言った。

「そうやなあ。下半身に重みを感じひんと思ったからこう頭を持ち上げて、足元のほうを見たら、その女の子の脚はすーっとフェードアウトしてたんやでえって言ったはったけど、そういえば首絞められてたんはどうなったんやろなあ」先輩は半笑いで首をかしげた。

「あのう、高校生の男の子やったら……」私はためらった。「あのう、こんなこと言ったらセクハラかもしれませんが……全裸のかわいい女の子に馬乗りになられたら、それが幽霊でも多少はうれしいもんなんでしょうか」

言いつつ私は、全裸の美男の幽霊が自分の掛け布団の上に現れるところを想像した。べつにうれしくもなんともない。むしろ全裸なんて恐怖だ。やっぱり私の言ったことはセクハラだった。反省していると、先輩は「まあ上司、これはちょっとエロ入ってるけどなってうれしそうに前置きしてから話してくれはったから……」と慰めてくれた。しかし、セクハラはセクハラだ。気をつけなくてはいけない。

「それでな、上司な、まあ首を絞められたはったんはどうなったんかわからへんけどな、いったん布団に頭までもぐって寝てしまおうとしたんやって。でも寝られへんで、だいぶ経ってから顔を出してみたら、まだいたんやって。桜田淳子。そんでずっと、じーっと上司のこと見たはったんやって。桜田淳子が」

「桜田淳子が」

「うん。それで、そのときはじめて、幽霊ってまばたきしいひんねんなって知ったんやって」

先日、イベントに参加するためにとある観光地を訪れた。ふだん出張先ではビジネスホテルに泊まるが、その折は老舗(しにせ)旅館に泊まった。

登壇者の方々とともにこぢんまりした正面玄関で靴を脱ぎ、スリッパを履いた。床は赤い絨毯敷きで、飴色をした木の衝立の向こうには、緑色の地に豪奢な花柄のあしらわれた布張りの椅子が数脚、壁際のテレビを囲んで半円状にぎゅっと置いてあった。タバコ屋さんの窓口みたいな受付から小柄な女将さんが出て来て、我々を二階へと先導した。受付の正面の壁には、幅いっぱいに神棚があったが、なにが祀られているのかは奥が深くてよく見えなかった。

木の階段は、上るほどに暗くなった。二階の廊下も赤い絨毯敷きだった。女将さんが右手へ延びる廊下へ進み、手早く我々をそれぞれの部屋に振り分けた。

私は階段を上り切ったところで、ぼうっとして自分の番を待っていた。みんなが部屋に入ってしまうと、女将さんは「女の人一人は、こっち」と言いながら戻って来て、私の前を通り過ぎ、左手へ延びるさらに暗いほうへさっさと歩いて角を曲がって消えた。私はあわててあとを追った。

ほの暗い廊下の左壁に、長い長い石の流しと鏡がしつらえてあるのを横目で見ていると、その流しの途切れたあたりの向かいの壁に格子木の引き戸が開け放してあった。その中がいよいよ真っ暗闇であるのを手で指し、女将さんは私を見上げた。

「ここはね、いいお部屋ですよ。中庭が見えて」

私は引き戸の内側へ一歩踏み込み、壁をさぐった。黄色い電灯がぽっつりと点いた。私は引き戸をいっぱいに開け放したまま、スリッパを脱いだ。すぐ右脇の半開きのドアは、開けてみるとユニットバスだった。便座から不審なコードが伸びてユニットバスの外の差し込み口にプラグがささっていた。私はドアをゆっくりと閉めてみた。なんの抵抗もなく、スムーズに閉まった。身を屈めてよく見るとドアの下辺に隙間があり、コードがひっかからずに済んでいるのだった。

私は真正面を向いて、板間へ上がった。小さな洗面台と鏡があり、ふすまがあった。ふすまを開けると、青々とした畳の部屋だった。さらに奥にもふすまがあったので開けた。奥行きの狭い板間に椅子とローテーブルが置いてあり、中庭に面する窓があった。板間のどんつきには板の戸のついた押し入れがあった。戸は開いていて、折り畳まれた赤っぽい敷き布団が重なって少しだけ崩れていた。チェックインをしたらすぐにまたみんなで外出する予定だったので、私は上着を脱ぎもせず、そのまま部屋を出た。

正面玄関でみんなと落ち合って外へ出てから、私はN子さんに「お化けが出そうですね」と言った。

「うーん、そうだねえ、あ、そういえば」のんびりとN子さんが言った。

「さっきね、部屋に上がって荷物の整理してるときにね、ドアがふわあっと開いたよ」

「えっ」

N子さんの部屋は廊下の突き当たりの左壁に面していて、本当に突き当たりぎりぎりのところにドアがついている。部屋の中から見て左に蝶番のある、左開きのドアだ。N子さんが振り返ると、ドアが開くにしたがって、向かって右側に外の空間がみるみる覗いた。

そこへ左から、扉を開けたと思われる女性の白い腕がにゅっと突き出され、すぐに引っ込んだ。

「おかしいんだよ、だってさあ、そっちは壁だもん。体を置く隙間なんかないよ」

「えっ」

「えっ」

私だけでなく、N子さんの夫の千野帽子さんも声を上げた。当然ながら、千野さんはN子さんと同室だ。

「いつ?」

「いつって、さっき。ほら、……の整理してたとき。ドア開いたの気が付かなかった?」

「えー、気が付かなかった……」

私はうきうきとして「うわあ、さっそくですね！」と言った。N子さんはやっぱりのんびりとして「でも、たぶん旅館の人だけどね」と答えた。

「えー」と私は異を唱えた。「だって、壁から生えたんじゃなかったら、その角度で腕は出ないですよ」

「うーん」N子さんはさして困ったふうでもなく、体をひねって右腕を様々に突き出して試し、言った。

「まあそうなんだよね」

イベントの打ち上げを終えると、もう深夜だった。私たちはほろ酔いで旅館に戻った。部屋には、布団が敷いてあった。それを見るとどっと疲れが出て、私は服のままいったん布団に横になることにした。清潔でふわふわした布団の中でうつぶせになってiPhoneを眺め、目を閉じ、テレビをつけてリモコンでチャンネルを替え、どこかの部屋から聞こえる女の子たちのかすかな歓声を聞いた。一時間ほど経ってようやく、シャワーを浴びる気になった。

私はユニットバスに入った。そしてはじめて気が付いた。浴槽の真上の天井が外れ、真っ黒な穴が四角に空いている。目が慣れると、その奥に梁（はり）やらなにやらの構造が見えてきた。あ、こういうの、あれだ、と私は思った。貞子（さだこ）的なお化けがこういうところから這い出て来るあれだ。

しかし、浴槽の縁（へり）に座ってじっくりと考えてみて、実際問題としてこういうところから這い出て来る、というか落ちて来る可能性があるのは、貞子的なお化けではなくてねずみやゴキブリであろうと思い至った。私はすかさず立ち上がり、シャワーはあきらめることにした。

ユニットバスの外にある洗面台で顔を洗い、用意されていた浴衣（ゆかた）に着替え、歯を磨いた。就寝前の最後の準備として、用を足そうとユニットバスに入った。天井の穴ばかり気にしながら便座に座る。

と、私は「あっつ！　あっ！　つぅっ！」と叫び、飛び上がった。便座がめちゃくちゃ熱かったのだ。それで、謎のコードの正体もわかった。しかし、これじゃとても用が足せない。私は怒りにまかせてプラグを引っこ抜き、布団に戻って便座が冷めるのを待った。

その晩、私は部屋中の電気をあかあかと点けたままで眠った。畳の部屋だけでなく、板間の電気も、ユニットバスの電気も消さなかった。真っ暗にしたら、浴槽の真上の穴からねずみやゴキブリがうろうろ降りて来るのではないかと思ったら、おそろしくてとても消せなかったのだ。

そのわりに、私はぐっすり眠った。もともと私はどれだけ明るかろうがまったく平気だし、いったん寝ると尿意以外のことではめったに起きない。インターホン、電話、目覚まし時計、どれもだめだ。だから、先輩の上司のようにちょっとした足音なんかで起きるわけがない。なにが出たってきっと起きないだろう。

朝、起き抜けにトイレに行くと、便座はものさみしいくらいに冷たかった。プラグは抜いたままにして、チェックアウトした。

「あれから、なんか変なことありました?」と私はN子さんに尋ねた。

「べつになかったなあ。藤野さんは?」やさしく聞き返してくれたN子さんに、私は勢い込んで便座が熱かった話をした。

家に帰ると、夫を捕まえてまた便座がいかに熱かったかを語った。

夏に、しっかり覚醒(かくせい)した状態で体験する、しないを試すことのできる機会を得た。

教えてくれたのは、美術好きの竹田(たけだ)さんだ。そのころ、京都国立近代美術館では「うるしの近代——京都、『工芸』前夜から」という近代の漆芸を紹介する展覧会が開催されていた。

「展示作品の中に、ニール号っていう船に積まれてて、船が沈没して、だからいっしょに沈んじゃって、あとで回収されたものがあるんです。長いこと海中にあったのに状態がよくて、こんなに漆器っていうのはじょうぶなんですよ、っていうことを示すための展示なんですけどね」

竹田さんは、一人で一回、同じ美術好きの友人たちと一回その展覧会を観たが、このニール号から引き揚げられた漆器の展示コーナーの前へ行くと二回とも耳鳴りがしたという。それも、右耳が聞こえなくなるくらいの激しい耳鳴りだ。

しかし、一緒にいた五人の友人たちには、耳鳴りなんてしないけど、とあっさり返されてしまった。

「気圧の関係ちゃう？　って言われました」と竹田さんは苦笑いした。

ぼんやりしていて作品を見落としてはいけないと気合いたっぷりで観に行くと、ニール号コーナーはなんとしょっぱなにあった。「第一章　近代という大波」と書かれたパネルのすぐあとだ。ガラスの向こうの展示作品は三つ、蒔絵（まきえ）のほどこされた硯箱（すずりばこ）に置物台、立派な書棚で、硯箱と書棚は江戸時代、置物台は江戸から明治前期の作だった。硯箱は京都国立博物館の、置物台と書棚は東京国立博物館の所蔵品である。

私は耳を澄ませた。とくに問題はない。あたりはお客でにぎわっており、具合の悪そうな人もいない。

キャプションによると、フランス郵船ニール号の沈没事故が起きたのは明治七（一八七四）年三月二十日だ。ニール号は、ウィーン万博に出品されていた作品や博覧会で買い付けられた品々を横浜へ届けにやって来て、伊豆半島沖で沈んでしまう。目の前に展示されている硯箱、置物台、書棚の三作品は、事故から約一年半後にほぼ無傷の状態で水中から引き揚げられた。

展示のねらいのとおり、私はすごいなと感心した。上等の漆器ってのはえらいじょうぶやねんな、と。

私はそのあともじっくりと展示品を観て回ったが、どれも実に見事な作品であるという以外には、おかしなことはなにもなかった。蒔絵の細工のこまやかさと美しさにすっかり満足して、美術館をあとにした。

帰りしな、道を歩きながらiPhoneで「ニール号　沈没」と打ち込んで検索した。その結果、ニール号の沈没事故は生存者四名、行方不明者五十五名、死亡者三十一名の凄惨なものであり、慰霊碑まで建っていることがわかった。このようにして運んだ人は死んで、もちろんつくった人はとっくに死んでいるし、使った人も死んで、これまで見た無数の人も死んで、私も今日見てそのうち死んで、明日からもたくさんの人が見ては死ぬけど、あの漆器はずっとあるんだろうなあと思った。まあそれが、美術作品だ。

ある夜、私は長いこと水中にいたのがやっと水面に顔を出すことができたみたいに、大きく息を吸って目を覚ました。徹夜で原稿を仕上げたあと、寝ないまま取材と打ち合わせをすませてやっと帰って来てほんの三時間ほど前に眠ったばかりだった。なんで起きたんだろう、トイレにも行きたくないのに。驚愕しているうちに、枕元でiPhoneがぶるぶる震えているのに気が付いた。もう十二時はとっくにまわっている。夫だった。

出ると、夫はめったに聞かないような弱々しい声で、怪我をしたと言った。今、会社から帰っているところなのだが、路上で電柱のようなものに激突して頭から血が出ているので病院に行く、と。

私はすぐに起きて着替え、タクシーに乗って夫を迎えに行き、京都第二赤十字病院の救命救急センターへ連れて行った。夫は眉間をティッシュで押さえていた。明るいところでよく見ると、右眉の眉頭を縦に割って、五センチほどの裂傷ができていた。

午前二時の救命救急センターに、患者は夫一人きりだった。大きなマスクをつけた若い男性医師が夫を診察し、レントゲンを撮った。今のところ頭蓋骨にも脳にも損傷がないようだと説明を受け、私はすっかり安心してへらへらした。夫は怪我をしたショックからまだ立ち直っておらず、その上これから縫合されるというのでさらにテンションが下がっていたが、彼の分まで私はへらへらしていた。

しばらく廊下に置かれたソファで二人並んで待ち、やがて夫の名が呼ばれた。処置室のドアは私がなんとなくこんなもんだろうと思っていたのよりずっと巨大で、引き戸で、持ち手がついているけれど自動ドアだった。夫が処置室に入るとき、中の照明が見えた。廊下の照明とはまったく色がちがった。廊下は黄色いが、処置室の中は青いくらい白かった。

私は誰もいない黄色い廊下で、灰色のソファに腰掛けて持って来た文庫本を開いた。私はずっとそのままの姿勢でいた。文字はぜんぜん読んでいなかった。

処置室の隣にある、処置室のドアよりは小ぶりの引き戸が開き、女性の看護師さんが出て来て、私に「誰かトイレに入ったはりますか？」と快活に尋ねた。

「トイレ？　さあ、わかりません」と私は言った。トイレがどこにあるのかもわかっていなかった。看護師さんは目線で、廊下の左のほうを示した。見ると、廊下が折れ曲がる手前のところに引き戸があって、それはなるほどトイレだった。

看護師さんは、「誰かトイレから出るの見はりました？」と重ねて尋ねてきた。笑顔だった。

「いえ、気が付きませんでしたが……」

看護師さんは、足早にトイレへ向かい、ドアを開けて中を覗き込み、くるっと振り返ってまたこちらへ戻って来た。やはり笑顔だった。

「あの、たぶんですけど、私がここに座ってからは誰も来たはらへんと思います」と私は申告した。事実だった。廊下は長かったが、ソファ以外なにもない。見落としてはいないと思う。

看護師さんは「わかりました」と、とてもよい笑顔できっぱりと言った。

「今ね、トイレのナースコールが鳴ったんです」

そうして看護師さんは笑顔のまま引き戸の向こうに消えた。あー、と私は一人で間抜けにうなずいた。

夫は、おでこに大きくて真っ白なガーゼを貼られて出て来た。右のこめかみから耳のうしろにかけて、かたまった血がぱりぱりになってはりついていた。よく見ると、髪にも頭皮にも血がこびりついていた。縫合の際に溢れ出て、流れ落ちた血だった。

私は上機嫌で、「ニアミス！　ニアミス！」と夫を迎えた。

はじめて心霊スポットへ行く

私は幽霊を見ない。

見ないから、正直に言えばそんなものいないと思っている。ただし、私の脳のどこかが機能していなくて、そのせいで幽霊を認識できないという可能性はある。私は逆上がりができない。泳げない。マッチの火をつけられない。車でバックができない。請求書が書けない。日本語以外の言語がほとんど読めない。ときどき、日本語も読めない。幽霊を見ることができない。

だから、怖い話をしてくれと迫った際、「いやー別に自分、幽霊とか見ないですからねー」と言われると、がっかりはするけれど、同時にとてもうれしい。いやー自分、逆上がりができないんですよねー。ほんとですか⁉ 私もです！ 逆上がりなんて、できても意味ないですよね！ いやー自分、車で前進はできるけど、後退は無理なんですよ。ほんとですか⁉ 私もです‼ やっぱ人生、前進あるのみっすよ‼ と、こういった感じで、当てが外れたのに「ですよね！」と声が弾んで、心の中ではハイタッチをしている。そうなると、だいたいは次の話題に移る。

だが、私を取材しに来てくれた松本さんは、サービス精神が旺盛だった。

「……だから僕は幽霊なんかいるわけないと思ってるんですけどね」

私はまた心の中でハイタッチしながら聞く。

「せっかくだから知り合いの知り合いから聞いた話をします。僕は信じてないですけど」

松本さんの知り合いの知り合いの女性が、大学生のころのことだ。女友達三人で、海に行くことになった。どこの海かはわからない。一人が車を出し、海に着くまでもなく道中も盛り上がれるだけ盛り上がるつもりだった。

ところが、後部座席に座った一人がむっつりしている。

「どうしたん？　体調悪いん？」と聞くと、その子は「私、霊感あるねんけど」と言い出した。

「なんかあかん。いる」

運転席と助手席の二人は呆れかえった。アホらしいし鬱陶しいし、めんどくさいことになっちゃったな、と思った。それでなんとなく、口に出さないでも二人のあいだで、うしろの奴は放っておこうと合意が取れた。二人は彼女を無視しておしゃべりを続けた。もちろん、機嫌を直して今の霊感発言をなかったことにするのならいつでも歓迎するつもりだった。でも、後部座席からの歩み寄りはなかった。うしろを無視していても気にはしているので、楽しいはずのおしゃべりもぜんぜん盛り上がらない。気まずいまま、海に着いた。

海を目の前にしても、後部座席の子は強情に態度を変えなかった。

「あかん」と言って、ますますかたくなな顔をしている。そのくせ、二人が水着に着替えるとしぶしぶといった態度でその子も水着に着替えた。着替えるのなら遊ぶのかと思ったが、彼女は砂浜に座り込んだ。

「あかん。いるから」

二人は、完全に腹を立てた。

「じゃあ、うちら遊んでるから」と、もう完全にその子を無視することにした。

しばらくして波打際から見ると、その子は三角座りをして体をすっぽりバスタオルで包み、じっと目線を下にして空中の低いところを睨んでいる。

「なんやねんな」と二人のうちの一人がとうとう苛立ちをあらわにした。

「寒いの？　やっぱり体調悪いんちゃうん。帰りたいんならそう言いぃや」声をかけながらずんずん歩いて、肩を覆うバスタオルを引っ張って剝ぎ取る。

すると、その子の体中に、手形がついていた。

「自分でつけたんちゃうんかと僕は思うんですけどね、そこらじゅうをぎゅーっと握って」と松本さんは笑った。「でも、どうやっても自分でつけられへんような場所にもついてたそうですよ」

「自分でつけられへんところなんてあるんでしょうか」と私は言った。「がんばったらどこでもつけられるんちゃいますか」

「体がやわらかかったらつけられるでしょうね。あっでも、手形の向きには限界があるかもしれない」

「だいたい海なんか行ってどうするんでしょうね。わざわざ水着まで持って。めんどくさ」

私と松本さんは、白昼の路上を歩いているところだった。人目を気にしてあまり奇異な体勢は取らないようにしながら、私たちは体をねじり、よじらせ、ひんまげてあちこちを触りまくった。私は子どものころから人一倍体がやわらかく、今も年のわりにはやわらかいほうであるという自負があるので、張り切ってやってみた。なにもかもが無駄だった。

そもそもこの話の中で、体のどの部分が自分で手形がつけられない場所とされ、且(か)つその女の子の体についていた場所であるのか正確な情報がまったくないので、検証の仕様がない。静かにもがくうちにブラジャーのホックが外れた。テンションが一気に下がって私はまともな姿勢に戻り、松本さんを盗み見た。松本さんは、すでに私より一瞬早くテンションが下がっていたようで、曖昧(あいまい)な笑みを浮かべて前を見ていた。

昨年（二〇一五年）の十一月、はじめて徳島へ行った。四国大学でのトークイベントに出演するためだった。徳島どころか、四国へ行くこと自体がはじめてで、一体どうやったら行けるのだろうと不安だったが、指定された長距離バスに乗ってじっとしていると着いた。私は長距離バスの中で緊張のあまりがたがた震え、サービスエリアのコンビニで使い捨てカイロを買って握りしめていた。

しかしバスを降り、四国大学の佐々木(ささき)先生、トークイベントでご一緒させていただくことになっていた吉村萬壱(よしむらまんいち)さん、玄月(げんげつ)さんと落ち合い、ほっとすると、途端にさっきまで頼みにしていた使い捨てカイロへの恩を忘れた。使い捨てカイロは、トレンチコートのポケットで、使い古して常に微熱を帯びるようになっていた iPhone と密着して互いを温めあい、異様なまでに発熱していた。私は使い捨てカイロを引っ張り出して、「あつ！　あっつ！」と文句を言いながら捨てた。

トークイベントは無事に終了し、そのあとの宴会もさらにそのあとの宴会も無事に終了し、私と吉村さんと玄月さんはビジネスホテルに送り届けられた。翌日は、少し観光をしてから帰ることになっていた。佐々木先生は、私たちを人形浄瑠璃に連れて行くと言った。ついては、朝十時半にフロントに集合するように。

「人形浄瑠璃！　楽しみです！　よろしくお願いします！」と挨拶して、私は部屋へ引っ込んだ。私は人形浄瑠璃を見たことがなかった。私は本当に人形浄瑠璃を楽しみにしていた。

私は幽霊も見ずにぐっすり眠って、翌朝、だいたい十時半くらいに目を覚ました。フロントでは、佐々木先生と吉村さんと玄月さんがソファに座って待ってくださっていた。

「僕はこうなると思ってましたね」吉村さんと玄月さんがうなずきあった。

私の寝坊のせいで、人形浄瑠璃には間に合わないということが判明した。せっかくの佐々木先生の計画を潰した張本人として、私が何か代替案を出すべきだった。渦潮が見たいと私は言った。

それは別に嘘ではなく、私は本当に渦潮が見たかった。

私は海も山も大嫌いで、できるだけ避けて生きてきたが、それは海に入ったりビーサンと濡れた足のあいだで砂がじゃりじゃりしたり日に焼けたり、苦労してぜいぜい言って山に登ったり虫に嚙まれたり草で手がかぶれたりするのがいやなのであって、楽して見物するだけならむしろ避けてきた分、いくらでも見物したいのだ。

私たちは佐々木先生の車に乗り込んだ。観潮船乗り場まで、一時間ほどのドライブとなった。徳島は空が広く、シュロの木がのびのびと育ち、十一月なのにあたたかだった。天気は抜群によくて、日焼けしないか気になるくらいだった。車は街を出て山に入り、ぴかぴか光る緑の中をしゅうっと登って下りて、もう気持ちがいいからこのままずっとドライブでもいいかな、と思っていたところで目的地に着いた。

観潮船の上は、風が強かった。おだやかな日でも、間近に見る海は荒々しい。玄月さんと佐々木先生は手ぶらだった。財布はおそらくポケットに入っているのだろう。この二人は私になんの不安も与えなかった。吉村さんはちがった。財布代わりのセカンドバッグを船べりに無造作に置き、その上に無造作に手を添えて海に見入っていた。私はそのセカンドバッグがいつ海に落ちるかとはらはらして見ていられなかったので、いっそ見ないのがいいと思った。そこで、船の中をぶらぶら歩き、みんなから離れたところに陣取って海を見た。吉村さんのセカンドバッグが視界から消えると、気持ちが安定して海をじっくり味わうことができた。

この日は渦潮はなかったが、海があったので私にはそれでじゅうぶんだった。がんじょうな船に乗っているのに、波の力強いのがよくわかった。海は生きていて船を揺さぶり、逃げ場はない。飛び降りたくはないけれど、飛び降りてみたらどうなるだろうということばかり考える。いったん飲み込まれたが最後、吉村さんのセカンドバッグは二度と見つかることはないし、私なんかいつでも殺されてしまうのだ。私をもみくちゃにして別のものに変えてしまう得体の知れない大きなものに、たった一歩の距離で囲まれているというのは、ちょっとわくわくする経験だった。

「いやー海、やっぱ怖いですね！」船を降りて、私は感想を言った。身体から古い空気が残らず出て行って、新しい空気で満たされた気分だった。吉村さんは、セカンドバッグを持ったままだった。本当によかったが、ちょっと残念な気もした。

「そういえば、たしかこのあたりに心霊スポットがありますよ。藤野さん好きでしょう」と佐々木先生が言った。

私は佐々木先生を振り返った。

私は、前日になにか怖い話はないか心霊体験はないのかと問い詰めたのを思い出した。佐々木先生は、「いやーぼくそういうのはちょっと……」と言い、私はその答えにそれなりに満足したのだが、責任を感じさせてしまっていたのかもしれない。

「廃墟になったホテルです。けっこう有名なところです。行きますか？」

「へー」吉村さんと玄月さんは乗り気だった。

「えーと、さっきもしかしたら通ってきたんじゃないかな」佐々木先生はスマートフォンで場所を調べはじめた。

心霊スポット。廃墟。肝試し。

胸がいっぱいになった。私はこれまでさんざん、いやになるくらいネットで心霊体験談を読んできた。

私は幽霊を見ない。しかしそういえば、私は果たしてこれまで幽霊を見る努力をしたことがあっただろうか。世間で幽霊を見たと主張する人々の多くは、それなりの努力をしている。それが心霊スポット、廃墟、肝試しだ。

ネットで匿名の人々が書きつづる心霊恐怖体験の多くは、それらがきっかけで起こっている。彼らは数人でつるんで夜間、あるいは昼間、車に乗り合わせ、そういったところに出向くのだ。

しかし、私は幽霊の存在に懐疑的である以上に、このような幽霊を見るための行動に懐疑的だった。私はしないから。これまでしたことがないから。だって、誰も私を誘わないし、私も誰かを誘わないから。

ネットの体験談に、気軽に肝試しへとおもむく連中が登場するたびに、私はこういうのはおかしいんじゃないかと思っていた。リアルじゃない。なぜ行くのか。なぜ行こうという話になるのか。そして、肝試しの前段階として、そもそもなぜ気の合う複数の若者たちがこうもひとところに居合わせて、だらだらと時を過ごしているのか。ふつう、家にいるではないか。もちろん、それぞれの家にだ。私は家にいる。私にも友達はいるが、友達もたぶん家にいる。それぞれ家で、やりたいことをやっている。当然、「暇だしちょっくら廃墟にでも行ってみない?」ということにはならない。つまり、あれらの心霊体験談は物語の出だしからして、幽霊と同じくらい不自然であり非現実的である。

しかし、そういった行動は、実際にありうるのだ。それならば、幽霊だっているかもしれない。私は興奮で上ずった声で「連れてってください」と頼んだ。「廃墟に。その、心霊スポットの廃墟に」

私たちは、元気いっぱいで廃墟に向かった。

そこは、ホテルニュー鳴門（なると）というところだった。幽霊は、とくに出なかった。

ときどき、iPhoneで撮ったホテルニュー鳴門の写真を眺めている。残念なことに、たった十三枚しかない。そのうちの三枚は、露出を変えているだけでまったく同じ場所、同じアングルの写真だ。ホテルニュー鳴門は美しいところだった。きっと二度と行かないから、何百枚でも写真を撮っておきたかった。

廃墟だから当然なのだが、ホテルニュー鳴門の床は、どこもかしこも障害物でいっぱいだった。割れたガラスの破片、投げ出された畳や戸板のようなもの、壊れた家電、それと無数にちりばめられたBB弾。

「これは、夜にヤンキーが集まって撃ち合いをしとんのやな」と玄月さんが言った。吉村さんが何気なく踏んだ戸板の下もBB弾だらけで、戸板がずるっと滑り、危うく転倒するところだった。みんな、あの戸板は踏んではならないなと思った。私も思った。しかし、五分も経たないうちに私はまんまとその戸板を踏んで悲鳴を上げた。

私は本当に本当に気をつけていなければならないと肝に銘じた。いつもの調子でぼんやり歩いていては、怪我をする。それに、こういう場所へ行くには、ふさわしくない靴を履いていた。お気に入りのリーガルのエナメルのウイングチップだ。フラットシューズだが、靴底がつるつるしていて硬くて滑りやすいし、地面の様子が体感として伝わってこない。もうひとつ、重要なことがあった。この靴ではとても走って逃げることとなんてできそうにない。いや、たとえスニーカーを履いていたとしても私には問題があった。

「私の五十メートル走のタイムは十秒三です」と私は言った。

みんなは私の言いたいことを察してうなずいた。

でも、もし本当に何かが出たら、きっとみんな私を捨てて逃げるだろうなと思った。よくある怪談だと、こういう場合、逃げ遅れた私は行方不明となるか、放心した状態で発見されいったんは保護されるもののやはりそののちに行方不明になる。

ホテルニュー鳴門は、断崖(だんがい)の上に建つ建物だった。ぱっと見る限りでは左右に二棟の平屋がある。でも、それればかりではなくて、左の棟は断崖の急な傾斜に沿って、どっしりした地下茎のように下に下にと階が延びていく、不気味な建築物だった。

私は安全に歩き抜くことだけに全神経を集中させていた。いつでもなにか（もしくは誰か）につかまって体を支えられるように、両手は空けておかなくてはならなかった。下の階層へ踏み込んだあとは、なおさらだった。

そこは、周辺に鬱蒼(うっそう)という字そのままみたいに木が密に生い茂って日を遮り、じめじめしていて暗く、建物の中はさらに暗かった。場所によってはほとんど何も見えなかった。また、見えていても、あまりにたくさんの瓦礫やガラスの破片が落ちているので、一歩足を出した先が安全なのかどうか目ではとっさに判断ができなかった。踏んでみないとわからない。釘が突き出ているかもしれないし、床に穴が空いているかもしれない。ゴキブリを踏むかもしれない。

私は、転倒したり階段から転がり落ちたりしないように、またたとえ一人だけでも私を置いて逃げたりできないように、了解をとって常に誰か私の前を歩く人の肩か背中あたりの洋服の布地を摑ませてもらうことにした。

写真が少ないのは、そういうわけなのだった。

少ない中でも一番気に入っている写真は、露出を変えて同じアングルで三パターン撮った部屋の写真だ。

そこは、下の階層を二階分ほど下り、暗い廊下を通り抜けて入った個室で、大きな二つの窓からなつかしい日の光がぷっくりとしたふくらみのように射し込んでいた。窓にはすでにガラスなどはなく、蔓性の植物がぞろぞろと入り込んできていた。畳の床には窓枠らしき木枠やベニヤ板のようなものが散乱していた。畳自体には茶色の蔓がびっしりと這い回って畳の織り目を分解し、浮き上がらせつつあった。壁に伸びる蔓は、拡大してよく見てみれば、分岐した先々でほっそりした蔓を扇状に開いていて、まるで小さな両生類が足でぴったりとしがみついているみたいだ。

それは、私がこれまで映画や本で親しんできた滅亡のイメージのひとつだった。どうして映画や本はあんなに頻繁に滅亡について語るのだろう？　おそろしいことや悲しいことを、どうしてわざわざつくりあげては消費するのだろう？　そのとき、つくりあげられたおそろしさや悲しみはどうしてあんなに途方もなく美しく甘く胸をしめつけるのだろう？　おそろしさもおぞましさも、ときには醜ささえ美しいのは一体どうしてだろう。美の守備範囲がかくも広大なのは、人の防衛反応かなにかなんだろうか。

私たちはすごいとか怖いとかきれいとか口々に感想を述べながら、怪我もせずに廃墟をあとにした。晴天の下に出ると、三人の肩甲骨の上あたりの服の布地が、私が握ったせいでしわくちゃになってよれているのがよく見えた。

お化けは出なかった（あるいは出ていたのに誰も気がつかなかった）が、ひとつだけ気味の悪いことがあった。断崖の下の棟へ行くときのことだ。

そこへ行くには、二通りの手段があるようだった。ひとつは、断崖の上の階の横腹にくっついた外階段。これは、ぼろぼろに朽ちていてとても体重を乗せる気にはなれなかった。もうひとつは、いったん左の棟を出て、外につくられている急な坂道を下りる。その坂道は中ほどになるともう左右から木々や茂みが襲いかかってきていて、先が段違いに暗くなっていくのがわかる。私はその坂を下りるのがいやで、下りかけては二度ほど戻った。下りている途中で、異様に臭くなるのだ。

嗅いだことがないほどの、耐えがたい臭さだった。私があとずさりして上に戻ると、玄月さんが笑いながら追いかけてきて、あのもっとも臭いポイントを過ぎるとだんだん臭さは薄れ、下はまったく臭くないのだということを教えてくれた。それならば、と私は玄月さんのあとについて坂を下った。臭さのピークのところで、吉村さんが「死体でもあるんちゃうか」ときょろきょろしていた。

あれはなんだったんだろう。もしかしたら、本当に野良猫か何かが死んでいたのかもしれない。

でも、今では、私は野糞の臭いだったのではないかという気がしている。

夜、私が徳島のヤンキーで、愛用のモデルガンを持ち、上の棟へサバイバルゲームをしに乗り付けたとする。楽しく撃ち合っているうちに、もよおしてくることもあるだろう。となると、野糞の場として選ぶのはあのあたりだ。あれより近いと仲間から見えるし、臭いや音が届いてしまうかもしれない。あれよりさらに下ると、めちゃくちゃ怖い。真っ暗だし、不気味な下の階層の気配が漂ってくる。どう考えても、あのあたりが妥当だ。

一生に一度のチャンスだったかもしれない廃墟見学でも幽霊を見なかったので、私はますます幽霊はいないという思いを強くしている。

そのせいか、最近、あまり心霊体験について聞かなくなった。

でも、聞かなければ聞かないで、いい話が向こうからやってくることもある。

先日、東京で編集者さん三人と食事をした。私が新幹線の最終で帰るぎりぎりまで飲めるようにと、丸の内のおしゃれなビルの中のおしゃれなお店を取ってくれた。

食事の途中で、唯一の男性である田中さんが「ちょっとトイレに」と言って立った。田中さんは、以前に山下清似の幽霊のようなものの目撃談を話してくれた人である。トイレは、その飲食店の中にはない。ビルの各階に設けてあるものを使うことになっている。

しばらくして戻って来た田中さんは、「今、妙なことがありました」と言った。

トイレには、個室がいくつかと小便器がいくつか並んでいる。田中さんが用があるのは小便器で、他に用を足している人はいなかった。彼の背後の個室は、ひとつだけが使用中だった。

そこから、あどけない子どもの声で「一二一、一二二、一二三、一二四……」と数え上げているのが聞こえてくるのだ。

「トイレの中にも外にも、親らしき人は見当たりませんでした。ていうか誰もいませんでした。戻ってくるときも確認しましたが、トイレの付近にはやはり誰もいませんでした」と田中さんは言った。

私たちはわっと盛り上がった。

「なにそれ、見に行きたい！」

「なんの秒読みなんやろ」

「えっ、秒読みって逆ですよね？　数字が減っていくほう」

「ちがいます。数字は増えています。秒読みではありません」

田中さんは言った。

「あ、そうですか」私はちょっとがっかりした。秒読みのほうが怖いのに。とはいえ、数を数えているだけでもじゅうぶんに怖い。

「もう少ししたら、ちょっと様子を見に行ってみたいと思います」と田中さんは言った。

十分ほどのち、田中さんは「そろそろ行ってきます」と席を外した。

私たちはわくわくして待った。

「もう二〇〇くらいいってるんじゃない？」

「いや、二〇〇どころじゃないでしょ。一〇〇〇とかじゃないですか？」

「まだ数えてたら怖いねー」

「田中さん、声かけてみてくれないかなー」

しかし、子どもはすでにいなかった。個室はどれも空いていた。その代わり、小便器を使用している人が一人いた。

「えー」

「なーんだ」私たちは話を遮って騒いだ。

「あの、実はですね、でもまた妙なことがあったんです」と田中さんは続けた。

「えっ、またですか。なになに？」

「あの、ここからちょっとシモの話になるのですがよろしいでしょうか」田中さんは遠慮がちに言った。

私たちはまたわっと盛り上がった。

「大歓迎ですよ！」

田中さんは子どもがいないことにがっかりしたりほっとしたりしたものの、せっかくトイレまで来たのだからついでに今一度用を足しておこうと思い、先客の二つほど隣に並んだ。

その際に、見るともなしに先客の下半身が目に入ったのだが、通常なら見えていたとしても見たという意識にすら上らないそのあたりの状況がなぜしっかりと脳に植え付けられ、さらに二度見までしてしまったかというと、その先客の陰茎が完全に勃起していたからだった。

「えーと、そういうことはありえるんですか？」と私は聞いた。

「ありえません」田中さんはきっぱりと言った。

「そのような状態で排尿は可能ですか」

「可能ではあります。現にその人はしてましたし。でも、やりにくいと思います。ものすごくやりにくいと思います」

「その人はどんな人だったんですか。変な人ですか」

「それが、その股間の状態以外は変な人じゃないんです」田中さんは目を閉じ、首を振った。「まったくふつうの人です。若い人です。といってもそんなに若すぎなくて、我々より少し若いくらいでしょうか。スーツを着ていました。顔も髪型もスーツも、今どきのちょっとおしゃれな若者、といった感じです」

その人は泥酔している様子もなく、平然として用をすませると問題のものをしまい、手を洗って髪の毛をちょこちょこっと直して去っていったという。

幽霊はいないけれど、不思議なことはある

私は幽霊を見ない。

しかし、いや、だからこそなのかよくわからないが理想の幽霊というのはある。

それは、映画「ペット・セメタリー」に出てくる頭の割れた人だ。

その頭の割れた人というのは、医者である主人公のもとに運び込まれてきた患者で、初登場の時点ですでに頭が割れて中身がいろいろ見えており、すぐに死んでしまった。この人が、事あるごとに主人公の前に現れて、あれは良くないとかあそこへは行かないほうがいいとかそういうことはするなとか警告してくれるのである。頭は相変わらず割れているし、顔色もものすごく悪くて一見かなり怖いが、いい人なのだ。にここしたり悲しそうにしたりと表情も豊かで、あのなりで表情が豊かというのもますます怖いが、慣れると平気だ。むしろ、なんだか愛おしい。ああいう幽霊なら、友達になりたいなあと思う。主人公のほうはそうでもないようで、彼をさほど怖がりもしないし、こっちへ来いと招かれればついていくくらいのことはするが、仲良くするそぶりはまったく見せなかった。残念なことだ。

けれど、あの頭の割れた人が主人公に親切にするのは、主人公が医者として、手遅れだとわかっていながらも必死に助けようとし、それに恩義を感じたからだったんじゃないかなと思う。だったら、私はだめだ。私は医者じゃない。あの頭の割れた人を前にして、何もできない。私はどちらかといえば、あの頭の割れた人側の人間だ。死ぬ間際に手を尽くしてくれた人に対して、恩義を感じてあれこれと世話を焼く側だ。

そういうことを、手術台の上で横向きに転がされながら考えていた。

今年（二〇一六年）の三月、私は生まれてはじめて入院し、生まれてはじめて手術を受けた。私にとってはたいへんなことだったが、手術一般としては大した手術ではない。子宮筋腫（しきゅうきんしゅ）を取るだけだ。腹腔鏡（ふくくうきょう）手術という選択肢もあったが、筋腫の数が多いというので開腹手術となった。

私は頼りない手術着を着、白い着圧ソックスを履き、眼鏡を取り上げられ、裸眼でなすすべもなく横になっていた。麻酔医の先生が私の左手を取り、手の甲から麻酔の針を入れようと苦心していた。輪郭くらいしか見えていないけど、術前の説明のときに会っていたので、その先生がとても小柄で髪の毛にふわふわのパーマをかけた人だというのを知っていた。ふわふわのパーマはそのときにはシャワーキャップみたいな帽子の中にしまいこまれていた。

「なかなか入んないねえ、細い血管だなあ、ごめんね」と言いながら何回も針を刺すうち、「ごめんね、もう一回ね、痛いよね、ごめんね」という声がだんだん泣き声になってくるのを、私は意外な気持ちでうっとりと聞いていた。術前説明の際の先生はこちらの堂々巡りのような質問にも粘り強く、きっぱりはっきりした話し方で対応してくれて、とてもクールだったのだ。

「ああ、ごめん、手が冷たくなってきた」

先生が、針を入れるのを中断して私の手をさすりはじめた。手が冷たいのはもともとですよ、と私は言った。冷え性なので、指がこわばってうまく動かなくなるくらい冷たくなることなんてしょっちゅうだ。先生は私の指先を握り、なおも手をさすり続けた。私は手が小さいほうだが、先生の手はもっと小さくて薄かった。

私はなんだか申し訳なくなってきた。針を何度も刺されるのは確かにけっこう痛かったが、もうあと何回かなら耐えられる。

針が入ったとき、先生は「あっ、よかった、ごめんねごめんね」と声を明るくして、でもやっぱりまだ泣きそうな声で言い、私は出るならこの先生んとこだな、と思った。このまま死んだらこの先生の前に現れて、悪霊や呪いから守ってあげよう。

そう思い終わらないうちに、「藤野さん、藤野さん」と私は大声で起こされた。「終わりましたよ！」とその声は言っていた。

えーうそー、と私は思った。だって数、数えてない。麻酔をかけられたら、数を数えるよう指示されて、そのうち意識が途絶えるんじゃなかったっけ？　そういう説明は受けてないが、そういうドラマや漫画を見たことがある。

しかし、本当に終わっていたのだった。

「藤野さん、ほら、眼鏡、眼鏡」と声が言い、朦朧としている私の顔に眼鏡がかけられた。「ほら、これ筋腫ですよ。いっぱい取れましたねー」

「あ、はい」と私は言った。

私は筋腫というものをどうしても見てみたかった。でも患者である私が見るチャンスは手術直後しかなく、必ず筋腫が近くにあるうちに起こして眼鏡を渡してくれるようしつこく頼み込んでおいたのを、病院側は私の希望通りにしてくれたのである。「いいですけど、見てもおぼえていられないと思いますよ」と執刀医の先生は苦笑していた。

先生は正しかった。私は眼鏡をかけさせてもらって、「あ、はい」と言ったところまでしかおぼえていない。

一晩が過ぎて自分で起きられるようになると、iPhoneを手に取り、自分の筋腫写真を拡大して隅々まで舐めるように見た。術後の説明で筋腫を思う存分じかに見ることができた両親が、私が事前にしつこく頼み込んでおいたとおりに何枚も写真を撮っておいてくれたのだった。

切除された筋腫は全部で二十二個あったが、なかでもひときわ大きな二つは、父の拳ほどもあるということだった。筋腫はごろりと丸く、血がからむ合間から覗く筋肉の表面ははっとするほど白くぴんと張っていて、とても健康そうだった。それに、とても新鮮そうでとても美味しそうだった。

筋腫って食べられるんだろうか、と私は考えた。食べられたとして、美味しいんだろうか。それから、子宮筋腫なんかの手術で死んじゃったら、親切にするんじゃなくて恨み言を言うために化けて出るべきだよな、私どうかしてたわ、とも考えた。

私は四人部屋の、左奥のベッドを割り当てられていた。あとの三人は私より先に手術の済んだ人たちで、一人、また一人と笑顔で私を励ましながら退院していき、ある夜、とうとう私一人になった。これは比較的出そうな状況だなと私は期待し、恐れた。手術の傷跡はまだまだ猛烈に痛んでおり、素早くベッドから起き上がったり大声を上げたりはできない。とうに消灯の時間は過ぎていた。アームライトを消してそろそろと横たわり、そのアームに引っ掛けているピンチハンガーと私の生乾きの靴下を真上に眺めた。目を閉じると、これまで映画で見た幽霊の姿が次々と浮かんだ。手がすーっと冷えて麻酔医の先生に握ってもらいたいほどになり、それでもまだ思い浮かべ続けていると、幽霊の在庫が尽きて殺人鬼や地底人や悪魔や巨大ザメや巨大ワニやアナコンダやなんだかよくわからない凶暴な未確認生物、宇宙生物などが次々と浮かび、そうするとなぜかもう心は安らいであっさりと朝になった。

十年以上会っていなかった友人のタカセが、京都まで遊びに来てくれた。

「見る？　筋腫」私はわくわくしながら聞いてみた。

「見る見る！」彼女は即答し、私から iPhone を受け取ると「うわー」と喜んだ。私は満足だった。

「でもな、せっかく入院したのに、幽霊出えへんかったわ」ビールを飲みながら私は言った。「私めっちゃ怖がりやから、出張先のビジネスホテルでも毎回怯(おび)えてんねんけど出えへんし。なんで幽霊なんかいいひんって確信してんのにいっつもあんなに怖がってるんかな。自分でもおかしいと思うんやけど。タカセはどう？」

「私も幽霊は見たことないけどな」カウンター席で隣同士に座っていたタカセが、心持ちこちらに体を向けた。「不思議な話やったら知ってるで」

それはタカセのお母さんのお兄さん、つまり彼女の伯父さんの話だった。伯父さんは幼いころから家の庭の隅に鳩舎を持ち、何羽もの鳩を飼っていた。よく面倒を見てかわいがり、鳩たちも彼になついていたという。それが、高校に上がる年の正月に、なんの前触れもなく鳩舎の中で全滅してしまった。どうしてそんなことになったのかさっぱりわからず、伯父さんは悲しみながら鳩舎を片付けた。春、高校一年生になった伯父さんは、柔道の道場に通い始めた。ある日、練習中に頭を強打した。しかし伯父さんはけろっとして起き上がり、その後も痛みや不調を訴えなかったのでそのままになった。いつものように食事をし、いつものように通学する日々が続いた。

しばらく経って、友達のバイクのうしろに乗せてもらっている最中に、いきなり伯父さんは亡くなった。道場で頭を打ったときに頭部に負ったダメージが、バイクの揺れで決定的なものになったのではないかということだった。

タカセの家族のあいだでは、鳩たちは伯父さんがその年に死ぬのがわかっていて、先んじて死んだのだ、ということになっている。

「だってさ、そんないきなり元日に全滅とかって、やっぱりちょっと不思議やろ？」

「うん」と私は言った。では、タカセはその伯父さんに会ったことがないのだ。私はなんだかそのことのほうが不思議に感じられ、その不思議さに打たれていた。タカセとは中学時代からのつきあいだ。高校一年生のタカセのこともよく知っている。私もタカセもあれから倍以上生きてここにいるのに、タカセの伯父さんはいない。鳩たちも。

「だからさ」タカセが急に真面目な顔つきになって言った。「不思議なことってあるんやって。幽霊はいいひんかもしれへんけどさ、でもそういうことはあるって、私は思う」


春になると、大学へ行かなくてはならない。前期だけだが、京都精華大学の非常勤講師を引き受けている。もう三年目（雑誌掲載時）だ。週に一回、二時間続きの授業で、受講生はだいたい十五名以下になるように調整してもらっている。

第一回の授業は、いつも学生さんの自己紹介に充てている。今年は、それとともになにか身近で起こった怖い話か不思議な話があればしてくれるようにと頼んでみた。

「なければいいですよ」と私は言った。もし私が学生の立場だったら、話すべきことがなくて困惑するにちがいないので。

けれど、学生さんたちはさほど嫌そうでもなく、ある人はおずおずと、ある人は楽しそうに話してくれた。

ロードバイクが趣味のTさんは、賤ヶ岳の旧道のトンネルを一人で走ったことがあった。トンネルの中は真っ暗で、そのせいでペダルを漕ぐ足に現実味が感じられず、タイヤごとふわふわ浮いているようでなんとも心もとなかった。そうするうちに、うしろから車の迫る、ぶおんという腹に響く音がした。Tさんは慌てて端に避けて道を譲る。しかし、車は来なかった。振り返ったが、暗いだけで何もなかった。

Sさんのお兄さんの高校時代の合唱コンクールの写真には、写っている人数よりも影のほうが明らかに多く、別のSさんはこたつで寝ていたら午前四時くらいにリビングのドアが不意に開いて、そのドアノブを白い手が掴んでいるのを見、Nさんの携帯電話にはある時期、午前四時四四分に非通知の表示が残るということが続き、Mさんのお母さんは高速道路を運転中に兵隊の格好をした知人が道の端に立っているのを目撃するがその知人が誰だったか思い出せず、しばらくして実家に寄ったとき、仏壇の横に置かれた写真の人だったことに気がついた。それは、お母さんの父方の祖父の写真だったという。数週間後に、お母さんのお父さんは亡くなった。

Hさんは先日、家で寝ていたら誰かに顔を触られた。払いのけても払いのけても執拗に触ってくるので、ついに覚醒して電気を点けたら、ゴキブリだった。

Eさんの実家はたいへん古く、庭にはほこらが二つ並んで建っている。ひとつはお稲荷さんだが、もうひとつは扉が閉まっていて不明なのだという。なんだか視線を感じるような気がするので、いつかなんとかしたいとのこと。

Sさん（三人目）は中学生のとき、インフルエンザにかかって寝ているあいだじゅうずっと、目の前の壁に般若の面がかかっているような気がしてならなかった。「たぶん夢ですけど」と彼は言った。

私はなつかしくなった。昔は私も、熱を出したときかならず見る夢があった。壁や天井の境のわからない赤い部屋で、ベルトコンベアーに仰向けに寝かされ、かったんかったんとゆっくり運ばれていくのを、二、三人の青い人が私を見下ろしながら歩いてついてくるという夢だ。ベルトコンベアーの先には真っ黒なトンネルがあり、そこへ頭から入ってしまう、というところでいつも目が覚める。目が覚めたあとは、しっかり目を開けてここがなんでもない自分のベッドと寝室であることを確認しながらも、どうしても右手の親指だけがぐんぐん大きくなって部屋いっぱいに肥大している、という感覚からしばらく抜け出すことができなかった。あのベルトコンベアーの夢はずいぶん見ていないが、右手の親指が大きくなる感触は実はまだよくおぼえていて、ときどきもうちょっとでまた膨らみ出すような気配がすることもある。

Yさんは、「これ、けっこう怖いですよ」と前置きをした。Mさんが「えっ」と不安そうな顔をする。

「大丈夫、お昼だし、みんないるからね、大丈夫ですよー」と私は言った。「じゃYさんお願いします！」

Yさんの高校は四階建てで、灯(あか)りは全室が人感センサー式だった。

「へえー！」思わず私は話の腰を折った。「私の高校なんか冷暖房もなかったのに！」

失笑が漏れた。

「今はわりと多いですよ」と誰かが言った。

Yさんが話を続ける。

文化祭直前のある日、居残り作業で通常よりも遅くまで残っていた生徒たちが全員下校したのを確認した先生が、もう一度見回りをし、センサーの電源を落として校舎を出た。門のあたりでふと振り返ると、四階のいちばん端の教室の灯りがぱっとついた。次の瞬間、ばばばばっと（と言ってYさんは手を胸のあたりにやり、右から左へさっと空を切った）横一列の教室の灯りがすべてあかあかと灯(とも)ったという。

「うわーこわ!」と私は言った。教室のあちこちでも、声を殺した悲鳴が上がっている。

「怖いですね、それは。それで、どうしはったん? その先生は。もう一回見に行かはったん?」

「いや、怖いしもうええわってなって、そのまま帰らはったそうです」とYさんは笑った。

「そうやんなー」と私はうなずいた。「そんなん一人で見に行くん無理やんなー」

Oさんは、「ぼくのぜんぜん怖くないんですけど」と言ってから話し始めた。

Oさんのおじいさんの一周忌の日のことだ。Oさんは小学六年生か中学一年生だった。居間で弟と紙飛行機を飛ばして遊んでいたところ、弟が投げた紙飛行機がすーっと不自然にゆるく曲がり、ゆっくりとソファの隙間に突っ込んで、突き刺さるようにして止まった。紙飛行機をそっと抜くと、その隙間から小銭入れが出てきた。生前おじいさんが愛用していたものだった。両親に報告すると「えーっ、なんで?」とちょっとした騒ぎになり、Oさんと弟ともう一人の弟の三人は、その小銭入れの中からそれぞれ五百円ずつお小遣いをもらった。

「なんでなのか今もわからないんですよね、一年ものあいだ、そのソファには毎日座ってたし。飛んだり跳ねたりもしてたし」

「不思議ですねえ」と私は感心して言った。

怖い話じゃなくていいんです、幽霊とかじゃなくてぜんぜんいいので、なんだったんだろうあれ、みたいな話、ないですか？

そんなふうに聞いてみたのがよかったのか、西崎憲さんがとっておきのお話をしてくださった。

西崎さんのご友人の話だ。

仲間うちの一人のアパートに集まって、宴会をしている最中のことだった。浴室のほうからとつぜん、何かがばーんと落ちる音がした。あまりに大きな音だったのでみんな振り返り、何人かで浴室を見に行った。しかし、何も落ちていないし、そんな音をさせるようなものを見つけることもできない。

おかしいな、と首をかしげつつ奥の部屋へ戻ろうとしたときだった。ふと玄関に目をやった一人が、あっと声を上げた。なんと、大勢でさんざんに靴を脱ぎ散らかして乱雑を極めていた玄関が、きれいになっていたのだ。靴はどれもきちんとかかとを揃え、整然と並んでいる。

「変な話でしょう、誰も靴なんか触ってなかったそうですよ。それに、ばーんって音がしたのは浴室だったんです。玄関じゃないんですよね。まあ玄関でそんな音がしたって、それで靴が揃うのは変なんですけどね、それにしてもね」

「うーん」私はうなった。

「いい話でしょう?」西崎さんがにこにこして言った。

「いい話です」私はうなずいた。

七月に、東京の友人が京都にやってきて、ご飯に誘ってくれた。友人は一人ではなくて、数人連れだった。みんな手にスマートフォンを持っていて、しきりにそればかり見ている。

「この人たちずっとポケモンGOやってるんだよ。知ってる? 今日から配信されてるんだけど」

そういえば、Yahoo!ニュースかツイッターでそんなような情報が流れていたような気がする。

私はポケモンGOについて、何も知らなかった。そもそも、ポケモンというもののこともよく知らない。ゲームもしたことがないし、アニメも見たことがない。ピカチュウという名前だけは耳にしていて、しかしそれもピカチュウが何者であるかということよりも、昨今突飛な名前の子どもが増えていて中にはピカチュウと名付けられた子もいるそうである、といった都市伝説で親しんだ響きだった。

私は友人のスマートフォンを覗き込み、ポケモンGOのなんたるかを説明してもらった。

「ほらね、なんか出てくるんだよ……これがポケモン」

「おおー」と私は言った。スマートフォンは目の前のテーブルの肉料理をそのまま映しており、しかし画面上では肉の上に虫のようなキャラクターが乗っている。

「こうやって捕まえるの」友人は表示されたボールを指先で弾き、キャラクターに当てた。キャラクターはボールの中に消えた。

「捕まえてどうするん？」

「どうするんだろう」

「いっぱい集めて強くして、戦うんだよ」友人の友人が教えてくれた。よくわからなかったが、私はうなずいた。友人は、「やってみる？」と言って、私にボールを弾かせてくれた。

食事が終わると、友人の友人たちはポケモンを捕まえにとにかくそこらじゅうを歩き回るつもりである、と主張した。

「とにかく数捕まえて、レベルを上げていかないと」と誰かが言った。

私たちは四条大橋から鴨川の河川敷に降り、三条大橋を目指して歩くことにした。もうすっかり夜で真っ暗だというのに、河川敷は人で溢れていた。そこにいる人々の全員がスマートフォンの光で顔だけをぼうっと浮かび上がらせ、危うい歩調でうろつき、ぴたりと立ち止まり、また歩き出す。つまりそこにいる人々の全員が、ポケモンGOをやっているのだった。

私は今降りてきたばかりの四条大橋を振り返った。四条大橋でも、そこを行き交う大勢の人々のうちの大半がうつむき、スマートフォンを見ながら歩いていた。私はまた真っ暗闇の河川敷に視線を戻し、友人の友人たちに置いていかれないよう気をつけて歩きながらあたりを見た。私は胸を打たれ、興奮で体が震えるのがわかった。それは異様で、とても美しい光景だった。世界は意外とこんなふうにして滅ぶのかもしれない、と私は思った。

「すごい」と私は言った。

「藤野さんもやってみる？　ねえ、藤野さんにどうやってはじめるか教えてあげて」

友人が、友人の友人に声をかけてくれた。

友人の友人の助けで、私もこの美しい光景の中の一人になることができた。私はふらふらと歩きながら暗闇に現れるポケモンを追った。ときどき、友人の友人が「あっ、ここ、イーブイいる」などと手招きしてくれた。スマートフォンを持った外国人の観光客が笑いながら「ポケモンGO？」とちゃんとした英語の発音で話しかけてきた。「イエス」と私は言った。

充電が切れて、充電器にスマートフォンをつなぎ、その充電器がからっぽになってスマートフォンの充電量がぐんぐん低下してもなお、私たちは夢中でポケモンを求めてさまよった。コンビニに手当たり次第に入り、充電器を買おうとしたが、どこも売り切れだった。その夜は、京都の繁華街は私たちみたいな人で溢れていた。みんながみんな、現実にはいないものを捕まえるために現実の自分の足で歩き回っていた。夜更けまで私たちはずっとそれに熱中していた。

もしその日に友人が、ポケモンGOに没頭している友人たちを連れてきてくれなかったら、私はきっとポケモンGOをしないままだったと思う。だから私は、友人と友人の友人たちに本当に感謝している。

けれど、みんなが帰ってしまって一人になったら、私はこの先二度とこのゲームをしないだろうと確信していた。この興奮もこの美しさも、一度きりの輝きだ。

一ヶ月ほど経って、リメイクされた映画「ゴーストバスターズ」を見に行った。バスターズがかっこいいゴースト捕獲装置を背負い、かっこいいビームを撒き散らして蛍光色のちかちか光るゴーストたちを追いかける、最高に楽しい映画だった。

主人公の一人、アビーははじめてゴーストを目の当たりにしたとき、感に堪えない様子で「ビューティフル」とか「ゴージャス」と言う。そのシーンに、私は危うく泣くところだった。蛍光色の緑色に光ってふわあっと宙に浮いているゴーストは、威厳があってとてもきれいだった。そう、貞子や伽椰子だって、ハリウッド映画で見た他の幽霊たちだって、誰も言わないけれどもずっとあんなに美しかったではないか。私もいつか幽霊を見たとき、怖がるばかりじゃなくてその幽霊の美しさをちゃんと賛美したい。そして、ゴーストバスターズみたいに、かっこいい機械を振り回して片端から捕まえることができたらどんなにすばらしいだろう。

そんなことを夢見ながら、iPhone を手に家のソファに伸び、やる気のない態度でポケモンたちを捕まえている。そう、結局私は惰性でポケモンGOを続けている。あまり外出しないが、家にもポケモンは出るから問題ない。あの頭の割れた親切な幽霊ならいっしょに興じてくれるか、それともそんなものはよすがいいと忠告してくれるだろうか。

理想の死に方とエレベーターと私が殺した植物たち

私は幽霊を見ない。

幽霊に詳しいわけでもない。むしろぜんぜん知らない。知らないということさえ知らないくらいに、知らない。

つくづくそれを思い知ったのは、さきごろ仕事の関係で『四谷怪談』を読んだからだ。

私はそれまで、『四谷怪談』を一応は知っていると思っていた。小さいころ、私を脅かそうとして父が話したのは、毒を飲まされて顔がただれ、櫛でとくだけで髪が抜けるようになってしまった女の人がいて、その人の名前はお岩さんである、という情報だけだったが、私はもうそれですっかり満足してしまっていたのだ。

私は、岩に袖という妹がいることを知らなかった。半分くらい読まなくては岩が登場しないことも知らなかった。『仮名手本忠臣蔵』のスピンオフだと知らなかった。夫の民谷伊右衛門が岩殺害の実行犯ではないということも知らなかった。岩が死んだあと、何かといえばねずみが出てくることも知らなかった。それに対し伊右衛門が意外と冷静に、「あ、これは岩の呪いですね。なぜなら岩は子年だから」と一人納得することも知らなかった。なんだそれは。それじゃ私は申年だから、私が非業の死を遂げたらお猿がきゃっきゃと出てきて加害者を惑乱させるのだろうか。そしてなにより、怨霊となった岩がみずからの手で伊右衛門に復讐するのでないことを知らなかった。私に言わせれば、岩は伊右衛門に手も足も出ないも同然だ。死者がこんなにも無力であることを、わざわざ幽霊なんかを登場させている物語の中でさえそうであることを、私は知らなかった。いや、知っていた。ピーター・ジャクソンの映画「ラブリーボーン」を見たとき、私は同じことに激しいショックを受け、泣きすぎて前が見えなくなって試写室の出入り口ですっ転んだのだった。

しかしともあれ、伊右衛門は岩の幽霊を見る、ということは、した。岩によって四肢をひきちぎられた上で首をもぎとられなかったことはかえすがえすも残念だが、伊右衛門は幽霊を見たのである。

ここで、あ、そうか、と私は思い至った。

そう、基本的なことではないか。幽霊を見るには、偶発と必然の二パターンがある。私はこれまで偶発的な出会いばかり想定していた。ごく当たり前の日常の中で、ばったり出くわすというやつだ。あるいは面白半分に心霊スポットと呼ばれる場所へおもむき、まさか本当に見るとは思わなかった、などとうそぶきながら見るとか。

　そのような受け身の姿勢ばかりとって、伊右衛門がやったように、幽霊がまっすぐ私を目指し、私のためだけにまっしぐらにやってくるような、そういう環境づくりをする、という考えがはなからなかったのである。

　しかし、思い至ったからといって、何かをしでかす気はまったくない。私は人に恨まれたくない。しょせん、私は本気ではないのだ。幽霊を見ようという意気込み、覚悟、行動力、すべてにおいてまったくなっていない。もうそれでよい。私はおそらく生涯幽霊を見ないだろう。

「そう、それでいいんですよ」と知人の河合（かわい）さんがやさしく言ってくれた。

「もう幽霊はいいや。縁がなかったんですよ」私はお茶を飲んだ。

「うんうん」河合さんは大きくうなずいた。

　と思ったら、私を脅かしはじめた。

「そういう、藤野さんみたいな人がね、幽霊を見たと言いはじめたら危ないんです」

　河合さんの知り合いの医療関係の方によると、ホスピスで緩和ケアを受けている患者さんが「幽霊を見た」「足だけがそこにぼんやりと立っていた」「妖精（ようせい）を見た」「手のひらサイズの人が走って行くのを見た」などと言い出すと、その発言がきちんと申し送りで報告され、スタッフのあいだで共有されるのだという。なぜなら、そういうことを言い出した人は、だいたいそれからきっかり二週間後に亡くなるからだ。

「へえ、どうしてでしょう」数年前にホスピスで、家族といっしょに祖父を看取ったことを思い出しながら私は尋ねた。祖父はそういうことは言わなかった。病室に泊まり込んでいた母が洗面台で顔を洗っていると、その水音を勘違いして「ああ、えらいよう雨が降っとる」と言い、帰り支度をしていた私に「あんた、気をつけて帰りや」と言った。

河合さんは答えた。

「べつに医学的な根拠があるわけではないんですけど、その私の知り合いが言うには」

「はい」

「それは、これから体の機能が停止しますよ、という脳からのサインなんじゃないか、と……」

「なるほど」

私は幽霊を見るのが前よりちょっと怖くなった。私は幽霊を見ないが、もし見たら、二週間後に死ぬかもしれない。幽霊を見たら、とりあえず病院で検査だ。

ここ数年、死に方についてよく考える。私だけではなく、同年代の女友達もわりと同じようなことを考えているらしい。ごくたまに何人かで会って話すと、いちばん盛り上がるのはその話題である。意見もだいたいみんないっしょだ。私たちは足腰が動くうちに死にたい。日常の動作に支障を来して情けない思いをする前に死にたい。誰かの世話にならずに死にたい。一人で死にたい。病気はいやだ。怪我もいやだ。痛い思いや苦しい思いはせずに死にたい。できれば死ぬとは知らずに死にたい。寝て起きたら死んでたっていうのがいい。

「寝て起きたらって、起きたら死んでへんやん」と誰かが言い、みんな笑う。

「ああもうそうやって死ねるんやったら、今日死んでもええなあ」と別の誰かが言う。

「もうちょっとしたら解散して帰るやん？　ほんで、今日はまあまあ楽しかったなあと思って寝て、そんで起きたら死んでんの」

「だから、起きたらって、起きたら死んでへんやん」

またみんなで笑う。

非常勤講師を務めている京都精華大学の学生さんから、最後まで足腰が頑健だったおばあさんの話を聞いた。おばあさんといっても、その学生さんの実の祖母ではなく、近所のおばあさんだ。

「昔の話なんですけど」と二十歳そこそこのFさんという学生さんが言い、私はちょっと可笑しかったけれど、すぐに二十歳のころはおろか三歳のころにだって、自分なりの昔というものはあったのだ、と思い直した。そう思うあいだにも、話は進んでいる。

「えっごめん、ちょっと待って、もう一回」と私は言った。「そのおばあさん、家庭菜園をやったはったんやね？」

「そう、昔ですが。私が小さいころ」とFさんは言った。「野菜とかお花をお庭でつくったはって、よう私とか、近所の人にくれたはったんです」

Fさんが高校生になるころには交流することはあまりなくなっていたが、それでもときどき、その家の前を通ると、おばあさんが土いじりをしている様子が目に入っていたそうだ。家族の人によると、そろそろ認知症のような症状が出てきているとのことだったが、傍目には変わらないように見えていた。なにせそのおばあさんは毎朝早起きをして庭仕事をし、夜は七時ごろには床に入ってぐっすり眠る、という生活を送り続けていたのだ。

ある朝、Fさんが高校へ行くために家を出ると、おばあさんの家とは反対の方向に位置するご近所の家に警察が来て、ちょっとした騒ぎになっていた。

「おばあちゃんが死んでたんです。その近所のおうちの井戸で。もう長いこと使ってへん井戸で、板でしっかり蓋をしてあったのに。どうやらおばあちゃん、夜中に家を抜け出して、そこから四百メートルくらい離れたその家まで歩いて行って、庭に侵入して、わざわざ大きな板の蓋を外して、頭から井戸に飛び込んで死んでしまわはったみたいなんです。でも、それまで一度も徘徊したことなんかなかったし、その夜も七時ごろにちゃんと寝たはずなんですって」

「そのときそのおばあさんは何歳くらい？」

Fさんは考え込んだ。

「すみません、わかりません」Fさんは言った。「とにかくおばあちゃんって感じの人でした。死んだときも、昔も。私が小さいときからずーっと」

「ずーっとおばあちゃん」私はうなずいた。

この話には続きがあった。翌週Fさんが、「あの、思い出したんですけど」と話をしにきてくれた。

「猫がいたんです、そのおばあちゃんがずっとかわいがってた猫が。飼い猫じゃなくて、野良猫だったんですけど」

その猫は、おばあさんが亡くなった夜、井戸のまわりで長いこと鳴いていたという。そして、それから三年か四年して姿を消すまで、夜になるとその井戸のまわりをうろうろして、大きな声で鳴くようになった。

「またあの猫鳴いてるねえって、しょっちゅううちの家族で話してました」とFさんは言った。「近所でも有名でした。もういないけど」

私はうなずいた。井戸に落ちて死ぬのは一瞬ですむのだろうか。井戸へ向かう途上で、おばあさんは怖い思いはしなかっただろうか。猫はおばあさんを心配してついてきたのだろうか。もし死ぬのが一瞬で、井戸までの道のりに苦痛や恐怖がないのなら、そういう死に方もそう悪くはないかもしれない、と私は思う。まあけっこう迷惑だし、死を目撃したかもしれない猫はかわいそうだけれど。

このところ、よくエレベーターのことを考えている。というのも、エレベーターが出てくる短篇小説を書いている真っ最中だからだ。私は子どものころ、とにかくエレベーターが怖かった。それも特定のエレベーターが怖かった。百貨店や駅のエレベーターは平気だった。私が恐れていたのは、私が住んでいたマンションのエレベーターだけだった。

そのマンションは住みはじめたころはまだどちらかといえば新しく、荒れてもいなければ不潔でもなかった。私はそのマンションに、三十年近く住んだ。そのあいだにマンションは私といっしょに古くなっていったが、共用部分は古びる以上の荒れ方はせず、ごく当たり前の清潔さが守られていた。こぢんまりした、ごくふつうのマンションだった。おまけに、私の住んでいた部屋は二階だった。

それなのに、私はエレベーターが怖かった。一階から二階へ、あるいは二階から一階へ至るほんの十秒ほどが怖くて怖くてたまらなかった。かといって、外階段は使えなかった。外階段からマンション内部へ通じるドアは、いつも内側から施錠されていたからだ。

出かけるときも帰ってきたときも怖かったが、帰ってきたときに乗るエレベーターのほうがずっと怖かったと思う。エレベーターでは、だいたい私は一人だった。ほかの住人と乗り合わせると少しほっとした。

真っ昼間のまぶしい光の下、オートロックの自動ドアの奥で真っ黒に沈むエレベーターも、真夜中のエントランスに立って見つめる、ぽつんと控えめに電灯の点ったエレベーターも、どちらも同じように怖かった。外から帰ってきたとき、私は私のマンションにたどり着いても少しも心安らぐことはなかった。あと一歩のところで、最大の恐怖をやり過ごさなければならないのだから。

なんと私は、このマンションを引っ越して出て行くその日まで、エレベーターが怖いままだった。私は三十二歳になっていた。三十二歳なのに、私は恐怖のあまりてのひらに冷たい汗をかき、下腹にかすかな痛みを感じながら毎日エレベーターに乗っていた。

あのエレベーターに乗ることはきっと二度とないだろう。今住んでいるマンションにもエレベーターがあるが、ちょっと妙なつくりのマンションで、私の部屋へは階段でしかたどり着けないようになっている。だから、エレベーターに乗る習慣はなくなり、帰宅の際にも出かける際にもエレベーターが原因の強いストレスを感じることはなくなった。

しかし、どうしてあんなに怖かったのだろう。今でもまったくわからない。私はエレベーター内でなにか怖い目に遭ったことはない。ただ、自分で勝手に怖がっていただけだ。

私はあの、私が長年怖がり続けた愛(いと)しいエレベーターを思い浮かべながら小説を書いている。その小説に、幽霊が出る予定はとくにない。

学生さんたちに課題をやってもらっているあいだ、書きかけのその小説のワードファイルを開いてぼーっとしていたら、授業のあとにYさんという学生さんがやってきて、こう言った。

「藤野さん知ってる？　ここのエレベーターって、幽霊が出るんですよ」

私は驚いて顔を上げた。

「ここって？　この建物のエレベーターのこと？」

「そう。あっちにあるでしょ、エレベーター」Yさんはうれしそうに笑った。

私が授業をしているその建物はまだ新しく、天井につくりつけられた空調の真下に羽虫の死骸が降り積もる以外は、とてもきれいだ。エレベーターがあることは知っていたが、私が用があるのは一階と地下一階だけだったので、わざわざ使ったことはなかった。

「出るの？　あそこに？　どんな幽霊？」私はわくわくして尋ねた。

「えっとですね、職員さんがね、エレベーターに乗って、そんでドアが閉まるとき、女の子がこっちに向かって走ってくるのが見えたんで、ボタンを押してドアを開けて待ってあげはったんですよ」

「それで？」

「それでね、女の子が入ってきて、職員さんはボタンに手をかけてるから、女の子は職員さんのうしろのほうに立ったわけですよ」

「うんうん、そうなるよね」

「で、職員さんが『何階ですか？』って聞いたの。そしたら……」

「そしたら？」

「いなかった！」

「うそー！」と私は盛り上がった。

「いえーい」とYさんがハイタッチしてくれた。

Yさんが行ってしまうと、私はさっそくそのエレベーターに乗った。エレベーターの前の廊下では何人もの学生さんたちが楽しそうに話しながらうろうろしていたが、乗ってしまうとすんと静かになった。

でも、私はちっとも怖くなかった。エレベーターは誰もいない薄暗い最上階で開き、閉まり、またなにごともなく一階へ戻った。わずかなあいだに廊下は無人になってていたが、それは単にさきほどまでが休憩時間で、私がエレベーターで遊んでいるあいだに授業がはじまっただけだった。

私と同じ非常勤講師である画家の政田さんも、やはり私と同じく幽霊を見たことがないらしい。しかし一度、不可解な体験をされたそうだ。

「えーっと、東京の田町ってわかります？」

「わかりません」

「田町ってとこがあるんですけど、前にね、そこのビジネスホテルに泊まったんですよ、たしか下がオフィスになってるホテルだったかなあ」

政田さんは、その部屋に入った瞬間、なぜか、あ、ここに誰か別の人がいてる、と思ったという。ふだんはそういうことはまったく感じないし、考えもしないのに。

「三日くらい泊まってたんですけどね、なんかずっと人の気配がするんですよね。ベッドに座って目を閉じてると、確実にすぐ前を誰かが行ったり来たりしてるような……。まあ、いっしょに泊まってた妻はなんも言わへんし、別にええかな、と思ってたんですけど」

あるとき、政田さんは一人でその部屋にいて、トイレに入った。一人とはいえ、トイレの鍵をかけた。小さな横棒をスライドさせるだけの、よくあるかんたんな鍵だった。

しかし、便器に座っている政田さんの目の前で、そのドアが、鍵がかかったままスーっと開いたのである。遠ざかっていくドアの端で、鍵の横棒が突き出たままなのがはっきりと見えていた。

「物理的にありえないんですけどね」と政田さんは苦笑した。

「えっ、困りますよね、それ」と私は言った。「怖いけど、怖いっていうか、困る」

「そうですね」と政田さんは言った。「一人じゃなかったら困ったでしょうね。一人だったからよかったけど。いや、よくないけど」

昨日、打ち合わせがあって編集者の小林さんと会った。彼女も幽霊を見ない人だ。しかしそれでも、不可解な話はあるらしい。

「うちの会社で、出張に出てる者のデスクにですね、乾電池がごろごろっとたくさん置いてあったんですよ、この前」と小林さんは言った。

「乾電池」私は相づちを打った。

「単一、単二、単三です」小林さんはうなずいた。

「単一、単二、単三」私は繰り返した。「単一とか単二ってなにに使うんでしたっけ？」

「さあ」小林さんも首をかしげた。「私、単一も単二も久しぶりに見ました。ごろっと大きいんですよね、単一とか単二って」机の上にあった小林さんの右手が、ふと単一か単二を握るかたちにやわらかく握られた。

「ああ、そうでしたね」私も長いこと持っていない、単一や単二の大きさと重さ、それから冷たさを思い起こそうとした。その冷たさが自分のてのひらの熱で温もっていくところも。

「どうして置いてあるんだろうなって、私だけじゃなくてほかの社員も、これ、なんで？　って言ってましたね。でもまあ、その、出張に行ってる者が自分で置いたんだろうと、なんとなくそう思ってたんですよ」

ところが翌日、出張から帰って通常通り出勤したその人が、自分のデスクにごろごろと転がる乾電池の山に首をひねっていた。

「その人じゃなかったみたいなんです。私たちに、これ、なんで？　って聞いて回ってましたね」

その人のデスクは、その部署の奥まったところにあり、他人がなにかのついでにちょっと物を置いておくにはもっとも適さない位置なのだという。

「結局なんなのか判明しませんでしたね」

「で、その乾電池はどうしたんですか？」

「しょうがないから、何人かでこうやって」と小林さんは両手でお椀をつくった。

「備品入れのところまで持って行って、そこに入れときましたよ」

「えーと、その乾電池の出所はその備品入れではないんですよね？」

「わかりません。そもそもその備品入れにもともとどれだけの乾電池が入ってたのかわかんないんですよね。だから、何とも言えないんです」

「じゃあ、ともあれ謎の乾電池は御社の備品となったと」

「そうです。ああ、単一とか単二って、何に使うんだったかなあ」と小林さんは言った。

打ち合わせを終えて帰ると、深夜だった。帰ってきて夜になっていると、一番にやることは決まっている。それは、観葉植物のために上げていた窓のシェードを下ろすことだ。

うちには、観葉植物がそこそこたくさん置かれている。観葉植物は、私の趣味だ。夫はおそろしいほど関心を示さない。私は一人でお小遣いのうちの少なくない金額を割き、ネットショップや近隣の植物店を覗いてまわり、フローリングを土まみれにしながら植え替えをやり、水をやり、昼過ぎによろよろと起き出してはシェードを上げて日に当ててやり、話しかけ、葉水をやり、葉の埃を払い、多肉植物を順に指で軽くつまんで身の硬さを確認し、在宅中はできるだけ窓を開け、外出時にはサーキュレーターを回して風通しを良くし、植物たちが元気よく生きていけるよう努力をしている。

しかし、植物たちは死んでいく。容赦なく死んでいく。心当たりがない場合もあるが、近頃では心当たりがなくはない場合のほうが多い。言い換えると、はじめのうちは本当に心当たりがなかったのだが、さすがに経験が増え、どうして枯れるのかがわかるようになってきたのである。だが、わかったところで何になるだろう。私は失敗を犯し、手のほどこしようもなくなってはじめて、自分がどの時点で失敗を犯したのかに思い至るのだ。

去年の暮れ、大切にしていた大株のユーフォルビア・ホワイトゴーストがとつぜん腐り始めた。この手の植物は、寒くなってきたら水やりを完全に断つのが定石である。私は十月末に水断ちを開始した。しかし、遅かったのだ。十月末に、これで最後だと思ったあの水を、私はやるべきではなかったのだ。見えない土中の根から死はじわじわと這い上り、そして年末になってとうとう地上部の幹が腐って私にそのあやまちを突きつけたのだ。

もはやこのユーフォルビア・ホワイトゴーストを救う道は、切断しかない。私はこういうときのための、折りたたみの小型のこぎりを持っている。それを挽きながら、私は泣いた。

私はきれいに切断したユーフォルビア・ホワイトゴーストを、陶器の皿に横たえた。切断面を乾かすためである。じゅうぶんに乾かし、あたたかくなってから土に挿すと、運がよければ発根して生きながらえる。しかしその時点で、私はこのホワイトゴーストはもう助からないとわかっていた。そもそもこの類の植物を、寒い時季に切断すべきではないのだ。この状態では今すぐに切断しなければ腐って死ぬが、切断したって時季が悪いのだからやはり死ぬ。そして私の予想どおり、ホワイトゴーストはすぐに変色しはじめた。

しかし、ホワイトゴーストが明らかにだめになっておよそ半年が経った今も、ホワイトゴーストの載った陶器の皿はテレビの横のチェストの上に安置してある。夫はときどき「これ捨てないの？」と不安そうに聞く。生きた植物には目もくれないくせに。

捨てない。まだしばらくは。

切断したその日から、ホワイトゴーストが見せる死の様相に、私はずっと夢中なのだ。切断面は乾いたが、肉厚だった幹は黒く黴び、そのあと縮み、ほかの部分も白黴に覆われて膨らんだかと思えば中身がなくなってぺったんこになったりと、死は意外と忙しい。

死というのは生きているのではないだろうか？

あんなに水分を含んで肉厚で、両手で捧げ持たないと危うかったホワイトゴーストは、今は触るとカサカサと音を立て、指先でひょいとつまみ上げられる。死が完了するまで、少なくとも私が死は完了したと判断するまで、このまま観察を続けるつもりだ。

シェードを下げ、生きている植物たちに帰宅の挨拶をしたのち、無言でホワイトゴーストの死体を覗き込むのが私の習慣だ。

ところで、動物霊というのは聞いたことがあるが、植物霊というのはあるのだろうか？　もしあるのだったら、伊右衛門が岩を見たように、私も私が殺した数々の植物の霊を見られそうなものだが。

アメリカの空港で幽霊を探す

私は幽霊を見ない。

見ないが、「ゴースト」と呼ばれてしまった。けっこううれしい。

今年(二〇一七年)の夏、私はアイオワ大学のインターナショナル・ライティング・プログラムに参加した。インターナショナル・ライティング・プログラムとは、世界中から作家・詩人・翻訳家などを招き、アイオワ大学の運営するホテルで三ヶ月弱のあいだ合宿生活を送りながら、発表をおこなったり自由に交流したりするものである。そこで、「ゴースト」という呼び名をもらった。理由は三つほど思い当たる。ひとつめは、このプログラムのホームページにはプロフィールとともに作品のサンプルを載せることになっているが、私が載せてもらったのは「今日の心霊」という心霊写真を扱った短篇小説だったから。二つめは、私がホラー映画が好きだから。実際、ホラー映画はこのプログラムの期間中、私を救ってくれた。ホラー映画好きは他にも何人もいて、ホラー映画の話題になったときだけなぜか英語がわかったし、ホラー映画が好きだというだけでなんとなく仲間意識が芽生えたのだ。三つめは、わりとよく発表や行事をサボってしまい、みんなと行動を共にしないことも多かったから。

といっても、いつも「ゴースト」と呼ばれていたわけではなく、ほんとうにときどき、親しみを込めてそう呼んでくれる人がいただけだ。普段はふつうに名前で呼ばれた。「カオリ」は当初「ケイオリ」だったが、訂正するとすぐにちゃんとした「カオリ」に収まり、しかし「フジノ」だけはなぜかずっと「フッジノー」だったり、「プッジーノー」だったりした。いろいろな人が私を呼んでくれた声が耳に残っている。なかでもいちばんよく思い出すのは、背後から、それもけっこう遠いところから「プゥージー」と呼びながらやってくる、クリスティアンの甘ったるく気だるげな声だ。

プログラムの終わりを意識するようになったころ、そういえばせっかくアメリカに来たのに誰にも幽霊を見たことがあるかどうか取材しなかったな、と思い出し、ちょうどそのとき隣を歩いていたクリスティアンに聞いてみた。私もクリスティアンも発表がひとつ終わった直後だった。私たちはちょっと気が軽くなって、上機嫌だった。私はコーヒーのチェーン店にコーヒーを飲みに行こうとしていた。クリスティアンは、その店を知らなかった。どんな店か見てみたい、と言ってついてきてくれている途中だった。

「あなたはこれまでに幽霊を見たことがありますか？」渾身の現在完了形で、私は尋ねた。

「幽霊？」さっきまで笑っていたクリスティアンが、すっと表情を消した。「幽霊は見たことない」彼は美しい長い髪をしたフィリピン人だ。

「フィリピンには幽霊いないの？」

「いるよ」

「いるんや」私はうなずいた。「でもクリスティアンは見たことないんや」

「幽霊のことは考えない」とクリスティアンは言った。「あらわれても、目を閉じてやり過ごす。無視だ。幽霊は、ぼくらを殺しにやってくる。だから考えない。考えないし、見ない」

　発表で機知に富んだ皮肉や冗談を飛ばして聴衆を笑わせ、ちょっと高い声で「プゥージー」と腕を広げて挨拶してくれるいつものクリスティアンは、そこにはいなかった。彼は陰鬱な顔をして、眉をひそめて前を見ていた。それからころっとまた元のクリスティアンに戻って、私に何か他の話をはじめた。コーヒーのチェーン店に着くと、扉をあけて入った私の後ろでクリスティアンはぴたりと足を止めた。また眉をひそめている。「人が多いな。別のところに行く」と言ったので、私は「またね」と手を振った。

私は英語がぜんぜんできないので、ここで書いたことのうち誰かが英語で話した内容については、もしかしたら本当にその誰かが言ってくれたこととはぜんぜんちがうかもしれない。私が、そのように思い込んでいるだけかもしれない。

インターナショナル・ライティング・プログラムに参加することが決まったとき、私はまっさきにいちばんお気に入りの怪談を思い出した。前に書いた友達の友達のお姉さんの話だ。その人は、たしかイギリスの古城を改装したホテルに宿泊し、幽霊に遭った。夜、胸苦しくて目が覚めると、金髪の女性の幽霊が上に乗って首を絞めているのである。それだけではなく、幽霊はなにごとかを必死に叫んでもいた。友達の友達のお姉さんはその場は気絶したが、あとになって「英語わからへんし何て言ってんのかわからへんかった……」と証言した。

プログラムの参加者は、今年は三十五名だった。初日に、この中で英語がまったくできないのは私だけだということが判明した。英語を母国語としない人々が当たり前のように英語で歓談するのを目の当たりにし、私は恥じ入った。恥じ入りながら、友達の友達のお姉さんが見た幽霊のことを思った。なにか伝えたいことがあっただろうに、よりによって英語を解さない人のところに無駄にあらわれてしまったかわいそうな幽霊のことを。

参加者は、家族で来ていた一名を除いて、アイオワ・ハウス・ホテルに宿泊することになっていた。アイオワ・ハウス・ホテルは不潔というわけではないが古いし、清潔きわまりないかといえば決してそうではない。濃いグレーの絨毯(じゅうたん)敷きの廊下に薄いグレーの壁、個室のドアは黄色い。幽霊は、日本語が話せるというのではないのなら、出る際には私以外の三十四人のところに出たほうがいいだろうと私は思った。もし間抜けにも私のところに出たときのために、私はグーグル検索と辞書を駆使して例文をつくり、頭に叩(たた)き込んだ。ソーリー、アンフォーチュネートリー、アイム・バッド・アット・イングリッシュ、ユー・シュド・アピアー・イン・アナザー・ルーム。アンライク・ミー、ゼイ・オール・キャン・スピーク・イングリッシュ。オフコース、ゼイ・ハブ・ノー・トラブル・リスニング・トゥー・イングリッシュ。サンキュー、バーイ、グッド・ラック。

でも、使う機会はなかった。幽霊が出たという話も聞かなかった。

夜、一人で部屋にいると、ときどき笑い声が聞こえて来たが、それは数人の女の子たちが廊下でお酒を飲んで笑い転げているからだった。その笑い声を聞くと、私は少し幸福な気持ちになった。隣の部屋のオードリーが一人で話している声もよく聞こえて来た。何を話しているのかまではわからなかったし、英語だったかどうかもわからない。あとで、家族に電話をしていたのだと聞いた。「ごめんね、あなたはとても静かな隣人だった」とオードリーは私に言った。オードリーとは反対側の隣人のマチアスは、夜は静かだったが昼間はちがった。ほぼ毎日、アコーディオンを弾き狂いながら歌を歌っていた。上手だった。

いちばんはじめに私を「ゴースト」と呼んだのは、たぶんハビエルだ。

誰かの提案で、アイオワ・ハウス・ホテルから一時間ほど歩いたところにあるオークランド墓地に行ってみようということになった。私ももちろん行きたかったのだが、同時にお腹が空いていて、とても歩けそうになかった。そこで墓地へ行くみんなを見送り、ご飯をゆっくりお腹いっぱい食べてから追いかけることにした。みんなもう帰ってしまっただろうと思っていたが、夕暮れの墓地に着くと、まだいた。

「鹿がいたよ」とハビエルがスマートフォンで撮った写真を見せてくれた。

「幽霊は？」と私はふざけて聞いてみた。

するとハビエルは、「さあ、きみ以外の幽霊は見なかったな」と言って肩を組んできた。私は得意の曖昧な笑いで切り抜けたが、内心では「これが外国人の実力か……」と激しくおののいていた。

最後に呼んでくれたのは、たぶんエンザだ。もうすぐアイオワを離れるというときに開催されたイベントで、エンザはみんなの前でアイオワの思い出について少し語ったあと、「カオリは私のお気に入りのゴーストです」と言ってくれたらしい。らしいというのは、私はサボっていてそのイベントに行かなかったからだ。その話を聞かせてくれた人は、「だからみんな振り返ってあなたを探したんだよ。ゴーストだから見えないのかな、ってことになったんだけど、あのときいた?」と言った。

「あー」ノー、と言いかけて、ひらめいて私は言った。「オフコース」

墓地といえば、ニューオーリンズでニコラス・ケイジのお墓を見に行った。プログラムの期間中にはいくつかの旅行がスケジュールに組み込まれていて、ニューオーリンズにはそれで行った。

ニューオーリンズはおそろしいところだった。私は仕事を溜めており、体調もいまいちだったので、すべての予定をキャンセルして一人で過ごすことに決めていた。

夜の八時ごろ、私は小腹が空いて外に出た。ホテルはフレンチクオーターという観光地の中にあり、ロビーにも一歩出た道にも人があふれかえっていた。若い人も年をとった人もいた。家族連れも多かった。幼児の姿さえ見た。

ホテルから歩いて十分程度の距離にスターバックスがあると聞いたので、私は黒いパーカーの左右のポケットに財布と iPhone だけ入れて、そこにそれぞれの手も突っ込んで、ぼんやりした顔で歩き出した。直前までいたアイオワシティでも、私はよくそんなふうにして歩いていた。アイオワでは、いっさい怖い目に遭ったことはなかった。

しかし、ニューオーリンズはちがった。誰かの視線を感じて顔を上げると、狭い道路の向かいにいる小柄な老人が、はっきりと私を睨(にら)みつけていた。私が憎くてたまらないといった様子だった。老人は私を睨みつけたまままっすぐに私のほうへ歩いてくると、私でも知っている卑猥(ひわい)な単語を鋭く囁(ささや)いて去っていった。ショックでますますぼんやりしつつ、フレンチクオーターを抜けて大通りを渡った。小雨が降り出して、街灯や車のランプがアスファルトに映りはじめていた。きれいだった。写真を撮りたくなった。大通りのほうが人は格段に少ない。さっきの老人のせいか、ここのほうが安全だという気がしたが、私は一応あたりを警戒しつつ iPhone を出し、急いで何枚か写真を撮った。

ニューオーリンズから帰るときになって、空港に向かうバスの中で、インスタグラムにアップしたこの写真を見た何人かが話しかけてきた。「こっちではまったく姿を見なかったけど、夜にはこうやって街に出て楽しんでたんだね」「ゴーストだもんね」と彼らは笑った。

スターバックスで、マフィンとホットコーヒーを買った。袋に入れてくださいと言ったが、「ないです」と返され、仕方なくパーカーのポケットから手を出した。右手にホットコーヒー、左手に熱いマフィンを持ってホテルに戻ることにした。大通りでは車や路面電車の音しかしない。フレンチクオーターに入ると、途端に音楽や人の喧騒でやかましくなった。

ふと見ると、私より頭ひとつ分くらい大きい若い男性が、うつろな目をして至近距離に立ち、私に覆い被さらんばかりになっている。私は身をすくめ、小走りになって彼を避けた。ところが、避けた先に、さっきの男性がやはり私に覆い被さらんばかりに待ち構えているではないか。私は振り返った。口の端に白い唾液の泡をつけたその男性が、腕をだらりと垂らしてこちらを見ていた。それで、目の前にいるのは身なりがそっくりな別の男性だとわかった。私は同じように身をすくめ、小走りというよりもう本気の走りで彼を避けた。そういうことがもう二回か三回繰り返され、私は人でごった返している通りの中で、だんだん端っこのほうに追い詰められていった。コーヒーが少し溢れて、親指の付け根が熱くてたまらなかった。半泣きで走りながら、私はこの人混みが観光客だけではなく決して少なくない数の路上生活者でつくられていること、単独行動を取っているアジア人の女は自分だけであることに気がついた。ホテルの部屋で安全にマフィンを食べながら、私はニューオーリンズといえばブードゥー、ブードゥーといえばゾンビ……と連想をめぐらせた。どうしよう、幽霊は見ないが、ゾンビは見てしまった。

ところで、ニコラス・ケイジだが、もちろん生きている。ニコラス・ケイジがニューオーリンズのセント・ルイス第一墓地に自分の墓所をつくったのは二〇一〇年のことだ。お墓は真っ白なピラミッド形をしており、ウィキペディアによると高さは約二・七メートルもあるという。私は幾度となくネットでこのお墓を見ているし、実のところ、パソコンのデスクトップもこのお墓の写真だ。曇天の空の下、灰色に陰ったニコラス・ケイジのお墓と、右端ぎりぎりのところに立って笑っている知らない眼鏡の男性の写真。これは、二〇一三年にこのインターナショナル・ライティング・プログラムに参加した谷崎由依さんが撮ったものである。谷崎さんはやはりプログラム期間中の旅行でここを訪れ、ニコラス・ケイジのお墓があるとは知らずにセント・ルイス墓地を見に来たそうだ。お墓といっしょに写っている男性は、その年の参加者の一人だ。彼にせがまれ、携帯電話でこの写真を撮ったのだという。帰って来てすぐに、谷崎さんはこの写真を私に送ってくれた。

ニューオーリンズに来たからには、ここだけは行かねばなるまい。翌日の昼間、私は聖地を目指した。暑い日だった。グーグルマップを見ながら三十分ほど歩き、フレンチクオーターを抜けて人のまばらになったところに、ぐるりと四方を外壁で囲まれた墓地があらわれた。

入り口で、ガイドを雇わなければ墓地には入れないということがわかった。しかもそれに二十ドルかかるという。私は支払い、「あれがお前のガイドだ」と指さされた中年女性のところへ行った。客が私一人では、ツアーははじまらなかった。しばらくして四人連れのお客が加わって、ようやくガイドが歩き始めた。私たちはぞろぞろとそのうしろをついていった。ニコラス・ケイジのお墓は、すぐに見つかった。黒ずみ、崩れかけ、雑草がひょこひょこ生えつつある古いお墓の合間から、ちらちらと白く巨大なピラミッドが見え始め、薄い雲が過ぎ去ると途端に私たちの目を焼いた。みんな半笑いになっていた。さっきまでにこりともせず墓所の歴史を滔々（とうとう）と語っていたガイ

ド も、歯を見せて大笑いしていた。私は小刻みに角度を変えつつ、ひたすら iPhone で写真を撮った。

ツアーはぴったり一時間で終わった。墓所にはところどころ花の咲く木が植わっていた。それとは別に、個々のお墓に供えられている花は、どれも造花だった。ぴんとして新しい造花、雨風に折られたのかうなだれた造花、砂埃(すなぼこり)で薄汚れたせいで造花の毒々しさを失い本物のような可憐(かれん)さをたたえる造花、たいていの造花は壺(つぼ)や花瓶や各お墓にもともと設置されているらしい石の花立てに飾られていたが、土の詰まった鉢に根元の針金もあらわにざくざく刺さっている造花もあれば、がたがたになった石畳の隙間に無理やり挿し込まれて突っ立っている造花もあった。

プログラムの参加者の一人は、かつてニコラス・ケイジが買ったがすでに売ってしまった有名な幽霊屋敷を見て来たという。あとで写真を送ってもらった。明るい昼間に撮ったその写真は露出オーバー気味で真っ白な光にあふれ、なんでもない、ただのすてきな家に見えた。聖地巡礼なら当然そこにも行くべきだったなと少し後悔した。

幽霊屋敷といえば、私たちが泊まったホテルは、どうやら呪われていたらしい。ホテルのホームページに、幽霊が出ると堂々と書いてある。私を含め何人かの参加者はそれを知ってホテルで幽霊に出くわすのを楽しみにしていたが、残念ながら誰も会わなかったようだ。いつものように、不気味な気配ひとつ感じることはなかった。

ただひとつ不審だったのは、ドライヤーのコードだ。短すぎる。ドライヤーの持ち手部分よりも短いくらいなのだ。こんな短いコードは見たことがない。私は髪が短いからまだいいけれど、長い人はどうしろというのか。洗面台のコンセントにプラグを差し込み、床に膝立ち（ひざだ）になって洗面台すれすれに傾けた頭を乾かしながら、私は思った。自殺防止かな。

プログラムのあいだ、私はいくつかのアメリカの空港で少しばかりの時間を過ごした。ダラスのフォートワース空港、アイオワのシーダーラピッズ空港、シカゴのオヘア空港、ワシントンDCのロナルド・レーガン・ワシントン・ナショナル空港、ニューヨークのラガーディア空港。

プログラムに参加する前、石田（いしだ）さんという人から不思議な話を聞いた。

「外国の空港には、ときどきだけど、すごく大きい人がいるらしいですよ」

「まあ向こうの人って大きいですからねえ、日本人に比べると」ぼんやりと私は言った。実際アメリカに行ってみると、みんな思ったより大きかった。大きいだけではなく、厚みもあった。私は身長一五八センチで、日本人女性としては実に平均的だ。日本では自分が小さいと感じたことはない。だけど、プログラムの参加者のみんなと撮った写真を見返すと、明らかに小さい。私がいちばん小さいわけではなかったけれど、それにしても小さい。なのに、顔だけは他のみんなに比べて決して小さくないというのがなんともいえず物悲しい。

「そうじゃなくて」石田さんは苦笑した。「そういうのじゃないんです。二メートルとかじゃないんです」

「……というと、三メートルとか？」

「そんな感じです」石田さんはうなずいた。

「えーっ」私は驚いて声を上げた。「そんな背の高い人っているんですか？」

「だからちがうんですってば。三メートルの人間なんているわけないでしょう？」

それで、私にも話が吞み込めた。

「行き交う人たちの頭のずっと上の柱のあたりから人の頭がぬーっと出て来て、でも頭だけじゃなくて、ちゃんと首、体とつながってて、なんとなくすごく大きい人がいる……ってこと、たまにあるらしいです」

「私、今度アメリカに行くんですよね」と私は言った。「いるといいなあ、すごく大きい人」

ほとんどの空港で、私はすっぴんで、コンタクトレンズじゃなくて眼鏡だった。眠くて眠くて仕方がなかった。私が半分閉じかけた目でぱさぱさのサンドイッチを食べているところを、誰かがスマートフォンで撮って見せに来た。あっちにスターバックスがあるからいっしょにコーヒーを買いに行こうと、別の誰かが手を引いて立たせてくれた。これから空港内をうろうろするから、しばらくこれを見ておいてほしいとまた別の誰かがスーツケースを置いて行った。誰かが私の隣でパソコンを開いてなにかを打ち始めた。「小説書いてるん?」と聞いたら、そうだとその人は答えて、画面を見せてくれた。そういうことの合間に、眼鏡の縁がおぼろげに視界の隅に入っている目で、全部夢みたいだと思いながら、私はすごく大きい人を探した。でも、夢を見ているみたいにうつらうつらしているのに、すごく大きい人は出て来てくれなかった。知っている人も知らない人もみんな、いつものように大きいだけだった。

日本に帰ってくると、私はすぐに東京に行かなければならなかった。新しい本が出ることになっていて、その取材を受けるためだった。

四谷にとってもらったホテルで、私は眠った。そのホテルは狭いけれど掃除が行き届いていて、清潔で、ドライヤーのコードはじゅうぶんな長さがあった。アメリカのホテルとちがってパジャマとスリッパと歯ブラシが用意されていた。

真夜中過ぎに、大きな地震があって私は目を覚ました。複数の人が左右から私の体に直接手をかけて揺すぶっているような、ものすごい揺れだった。私は目を開けた。照明は全部消していたので真っ暗だった。私はこんな大きな地震に遭ったのははじめてだった。阪神・淡路大震災のとき、私は中学生だったが、私の住んでいる京都も揺れた。揺れる前に、どーんと音がして目が覚めたと父は言っていた。母は、眠っている私の真上で、吊り下がっている照明の傘が激しく躍っているのを見たそうだ。私は目を覚まさず、朝のニュースで地震のことを知った。

どうしよう、と私は思った。こういうときはやっぱりベッドの下に隠れるのがいいんだろうか。このベッドの下って、人が入れるくらいの隙間あったっけ？　けれど、体は動かなかった。そのうちに私は寝てしまった。二度目の地震で、私はようやく腕を伸ばした。だるくて体が重くてしょうがなかった。伸ばした腕で必死にiPhoneを探り当てているあいだに、地震は終わった。私はＹａｈｏｏ！の画面を開き、それからツイッターを見るつもりだった。でも実際にそれを見たのは朝になってからだ。目が覚めたとき、私はしっかり肩まで布団にくるまっていた。地震のニュースはなかったし、ツイッターでも誰も地震のことをつぶやいていなかった。編集者さんに「地震があったような気がするんですけど」と言うと、「えっ？いや、昨夜はなかったですよ」と返ってきた。

取材や書店さんまわりが済んで、東京駅で編集者さんと別れた。私は手を振って、改札を通った。キオスクで水を買ってホームに上がり、水をぐいぐい飲んでいると、うしろで女の子の声がした。

「うちの猫にはアメリカ人の女の子の霊が憑いてるって姉が言うんです」とその声は言っていた。

「えっ、どういうことですか？」と、私がまさに思った問いを、その女の子の連れの女の子が投げかけた。

「そもそもは姉が、成仏しなさいって英語でなんて言うの？って聞いて来たんですよ」

なんて言うんだろう？　三ヶ月のアメリカ生活で、ほんの少しだけ、ほんとうに最低限の、日常生活でのやりとりの一部だけならなんとかなるかもしれないというくらいの英語力はついたつもりだったが、成仏しなさいは想定外だった。ユー・シュド・ゴー・トゥー・ヘブン？

「で、なんで？　って聞いたんです。なんでそんなこと言いたいのって」

「うんうん」

「そしたら姉が、ミーちゃんにアメリカ人の女の子の霊が憑いてるから、その子に言いたいって」

「へー！」

そこでその話は終わってしまった。

私は振り返りたかったが、振り返れなかった。アメリカ人の女の子の霊が憑いたと思わせる猫の行動とは一体どういうものだったんだろう？　ミーちゃんはどうなったんだろう？　成仏しなさいって英語でなんて言うんだろう？　お姉さんは、ちゃんとその人に言いたいことが言えただろうか？　伝わっただろうか？　ミーちゃんはどんな猫なんだろう？　洋猫？　和猫？

私は振り返って話の続きをせがむ代わりに、iPhone のメモ帳に「うちの猫にはアメリカ人の女の子の霊が憑いてる」と打ち込んでみた。そしてその文字列をほれぼれと眺め、まるでこれだけで一篇の詩みたいだ、とうっとりした。

夢が現実になる話

私は幽霊を見ない。

いろいろ話を聞いたり読んだりしていると、どうも幽霊というのは眠りと関係があるようだ。寝ているあいだに金縛りにあって……という体験談はとても多いし、金縛りがなくても幽霊は出がちである。私は幽霊を見ないので、どうも信用ならないと思ってしまう。それ、全部夢じゃないの？

私は夢はよく見る。夢の中でも幽霊は見ない。たまに私すら見当たらないこともあるが、多くの場合、夢には私が私自身として登場する。夢の中の私は忙しい。起きているときの私とちがって行動的で、どこか遠いところへ行こうとしていたり逃亡中だったりする。走るし宙に浮くし疲れを知らずどこまでも歩く。楽しんでいることもあるが、どちらかというと怖がったり不安がったりしていることのほうが多い。そのような感情の働きも、起きている私とはだいぶちがう。漠然と、なんとなく、というのではなく、全身全霊で怖がり、不安がっているのである。それはもう、たいへんな怖がりようだし、不安がりようだ。身もだえし、泣き叫び、のたうちまわり、地面を必死で這っている。いい。すごくいい。私はそんな自分が好きだ。なにごとにも全力で取り組む姿というのは、見ていて気持ちのいいものだ。

しかし、とはいえ、できればもうちょっと、夢の中でくらいものごとがうまくいかないものかと思わないでもない。たとえばこうだ。絶体絶命の危機からうまく脱出し、さっきまで拷問を受けていたにもかかわらず体はぴんぴんしていて、敵のアジトが大爆発する美しい光景を心ゆくまで眺め（できればインスタグラムにアップしたい）、私の撃ったピストルの弾はだいたい命中して、レア・セドゥが私に恋をして、悔しがって地面に這いつくばる敵を前に彼女にキスして、彼女の華奢な肩を抱いてかっこよく立ち去る。これは映画「007 スペクター」そのままなんだけども。

ここで「スペクター」を一例としたのは、あれがそういう映画だからだ。そういう、というのは、夢である、という意味だ。

中盤、ジェームズ・ボンドは拷問を受ける。診察台みたいなのに固定され、首の後ろ、第一頸椎のあたりに長い針をきゅーっと挿入されるのである。あれはどう見ても、痛いのを我慢するとか体力があるとか体が頑丈だとか、そういうことでやり過ごせるタイプの拷問ではない。現に敵は、この針のせいで起こる脳障害についてうれしそうに語っている。でも、そのあとはだいたい前述のとおりで、なにもかもすごくうまくいく。ボンドは体も心もいたって元気で、別段問題なさそうだ。

だからつまり、そういうことである。「スペクター」は中盤の拷問以降は、昏睡状態となったボンドが見ている美しい夢なのだ。

映画というのは、基本的にはすべてが私の見たい美しい夢である。そんな中で、この「スペクター」を私は特別身近に感じる。だってなんといっても、これは私の見たい美しい夢であるばかりか、まさにそれを見ている人の映画だから。もちろん、こういうつくりの映画はほかにも心当たりがある。その中には、「スペクター」よりはるかに気に入っている映画もある。それでも「スペクター」が私にとって特別なのは、この映画の中でボンドの昏睡が明示されないからだ。

ということは、もしかしたら私の解釈はまちがっている可能性もある。ボンドは昏睡していないのかもしれない。あのおそろしい針の拷問は、鍛え抜かれたボンドにとっては鞭で睾丸をしばき倒される程度のありふれた拷問で、お茶の子さいさいで平気の平左、後遺症なんてどこ吹く風、なのかもしれない。古来ジェームズ・ボンドというのはそうやってかなり適当に、あらゆる危機を乗り越えてきたわけだし。

それならそれでかまわない。いや、それが本当に正しいのかもしれない。むしろあれが夢だと明示されないからこそ、と感動のあまり泣きそうになりながら私は思う。「スペクター」は不安の陰りもなく美しくいられるのだ。ボンドの夢が完璧なのは、彼があれを夢だとは気付いていないからだ。ボンドも私たちもきっと永遠に、あれを夢だと知る必要はないのだ。

足立さんから、夢が現実になった話を聞いた。

足立さんが大学生のときの話だ。大学生のころには、特別な用もないのに部屋の床に寝転がったりベッドにもたれかかったりしていつまでもだらだらと友達と電話をする時間があった。

そんな長い午睡みたいな通話の果てに、話し相手の女の子がのんびりと言った。

「そういえば私さあ、ゆうべねえ、お風呂でアキレス腱切っちゃって血まみれになってる夢を見たんだよねえ」

「へえ」

「お風呂にねえ、鏡があるんだけどねえ、それがいきなり落ちてきたんだよねえ」

「へえ危ないなあ。ちょっと見てきたら？」足立さんは冗談まじりにそう言った。

「うん」女友達があっさり言った。「見てくる」

彼女は携帯電話を置き去りにして浴室へ行ってしまったらしい。足立さんは耳に押し当てていた携帯電話を少し耳から離した。その途端に耳介にじわりと血がめぐって、それまで耳がちょっとだけ痛かったんだということがわかった。

しばらくして、彼女が戻ってきた。

「足立くん、あのね、鏡ね、落ちてなかったんだけどさ」彼女の声は沈んでいた。

「え、どうしたの？」

「落ちてないなって思って、ちょっと触ったんだよね、鏡。指先でちょっと。そしたらさ、落ちた」

「えっ」

「鏡、落ちて割れちゃった」

彼女はジーンズを穿いていたが、もし通常の入浴時のように裸で、鏡に注意を向けていなかったとしたら、足を深く切ってもおかしくなかった。

私はアキレス腱がざっくりと切れた足を想像した。どうせだから、片方ではなく両足ともがいい。私はそういう状況を、映画で何度でも見たことがある。映画によると、両足のアキレス腱が切れた人は歩けない。そうなってしまったら、彼女は激しく出血しながら、電話のところまで裸で這いずっていかねばならなかっただろう。そんなことにならなくて本当によかった。

「予知夢っていうんですかね」足立さんが言った。

「予知夢かあ。便利ですねえ」もちろん私は予知夢も見たことはない。

清水さんの家には、幽霊がいるらしい。

「ぜんぜん怖くないですけどね」清水さんは笑う。

清水さんは、同居人一人と猫一匹とその幽霊一人とで暮らしている。寝るのは、布団。ベッドではない。生活の中でスリッパを見失うと、それらは必ず清水さんの布団の枕元に戻っている。

「幽霊がね、私のスリッパだけ戻すんです」

「え、便利？」

「まあそうですよね」

「ちゃんと揃えて戻してくれるんですか？」

「あ、それはないですね。けっこう適当に戻してあります」

人間の同居人は清水さんのスリッパの移動についてはさっぱり心当たりがないという。また清水さんのスリッパは低反発スリッパでそれなりの重量があるため、猫がくわえて運ぶことはない。

「なんかそういう妖怪、いませんでしたっけ」清水さんが言った。

「妖怪スリッパ戻し」私が言った。

私たちは笑った。

「いそう」清水さんが言った。

「いそう」私もうなずいた。

幽霊が妖怪に変わってしまったが、枕返しや小豆洗いがいるのなら、スリッパ戻しがいたっていいかもしれない。私もよくスリッパを見失い、狭いマンションの中を裸足でぺたぺた探しまわることがあるので、わかりやすい定位置に戻しておいてもらえるととても助かる。できれば、洗濯機から洗い物を勝手に干す「妖怪洗濯物干し」、乾いた洗濯物を適当でいいからしまっておいてくれる「妖怪洗濯物戻し」、シンクに放置してある食器をいつのまにか洗っておいてくれる「妖怪食器洗い」などもいてくれるといいなあと思う。

春になったので大学へ行く。私は数を数えるのが本当に苦手なので、非常勤として京都精華大学に雇われて何年経ったのかわからない。たぶん四年くらい（雑誌掲載時）かな、と思う。

去年の学生さんが、いつも使っている教室の建物にあるエレベーターには幽霊が出ると教えてくれたので、今年の学生さんにもちょっと聞いてみた。

「ああ、友愛（ゆうあい）くんですね」とこともなげに学生さんが言った。

「友愛くん！」私は叫んだ。私たちのいる建物の名前は友愛館という。「名前がついてんねんや」

「友愛くんはですね、そもそもは地下二階にいたんですよ」

私はちょっといやな気がした。私がいつもいるのは一階の事務室と地下一階の教室だが、トイレを使いによく地下二階に行く。わざわざそこまで行くのは、地下二階は薄暗くてほとんど人がいなくて落ち着くし、トイレに至ってはいつ行っても必ず無人でたいそう居心地がいいからである。でも友愛くんはいるんだ、と私は思った。私は一人がよかったのに。

「何年か前に、二人の職員さんがいっしょに見はったって聞きましたよ。地下二階でなにかの作業をしてて、誰かがエレベーターに乗り込む後ろ姿が見えたから、二人であれに乗ろうって小走りになったんですけど、エレベーターんとこに着いた瞬間にちょうど扉が閉まっちゃったんですって。でもボタンは押せてたんで、そのまますぐ開いた。なのに中には誰もいなかったって」

「友愛くん、歌、歌うらしいですよ」別の学生さんが口を挟んだ。

「えっなんの歌？」私は感心した。友愛館は、音楽コースの学生さんたちが使っているからだ。出るべきところに出ている、という感じがするではないか。「友愛くん、歌好きなんやね。うまいんかなあ？」

「さあ、それはちょっとわかんないです」学生さんたちが苦笑した。

友愛くんの歌声が聞かれたのは、二階でのことだったらしい。

「そう、それでですね、友愛くん、だんだん上に上がってるらしいんですよね」

「あっそうなんですか？」私はほっとした。学生さんたちはうなずいた。

「もう地下二階で見たって聞かないよね」

「目撃情報の場所が上がっていって、しかもここ最近ぜんぜん聞かないから、友愛くん成仏したんじゃない？って話ですよ」

「おお」じゃあ地下二階は私のものだ。私は満足しかけたが、それはすぐに打ち壊された。

「でも、かわりに女の子が出るって誰か言ったはらへんかった？」

「そうそう！」

二人が私のほうを向いた。

「なんか詳しくはわかんないですけど、友愛くん、成仏したんじゃなくて女の子になったんじゃない？　って説があります」

「えっ、ということはつまり……？」

「友愛さん……」ちょっとずつタイミングがずれたものの、私と学生さんたちはほぼ同時にその名を口にした。

なんにせよ地下二階のトイレは私だけのものじゃないんだなあと私はため息をついた。仕方のないことだけど。

あとで、友愛くんと友愛さんは同一人物である、とされるのはなぜだろうと思った。なにか根拠があるのだろうか。ふつうなら、友愛くんとは別に友愛さんという幽霊もいる、ということにならないだろうか。

しかし、同一人物説はなかなか悪くない。幽霊だって好きな性を選んでいいのだから。むしろ幽霊というのは肉体を失った状態であろうから、肉体を見て他人が勝手に決めていた性なんて失うほうが自然だろう。男でも女でもいい、両方でもいい、どちらでもなくてもいい、くるくる入れ替わってもいいし、新しい独自の性を提唱してもいい。肉体があってもなくても私たちみんなにそうする権利があるし、肉体がなければばなおさらそれは容易だ。友愛くんは、おもに男性を指す「くん」という敬称つきで呼ばれることに飽き飽きしたのかもしれない。

私は非常勤をはじめた年から、生きている学生さんのことを全員「さん」付けで呼んできた。それは単に、たくさんの人を前にして泡を食っているとき（私はだいたいいつも泡を食っている）、その人が男であるか女であるかをとっさに判断することができないから、脳内での処理の段階を一手間省くためにまとめて「さん」になっているという、いわば消極的な理由だった。しかし私の脳の働きがちゃんとしていたって、「さん」と呼ぶのが正しいのだ。その人の性別がなんであるかを、名前や見た目でこっちが勝手に判断していいわけはない。私は「さん」を、性別にとらわれずに使える敬称だから敢えて使うのだと強く自覚し、積極的に用いるべきである。

だから友愛さんのことも、ちゃんと自覚をもって友愛さんと呼びたい。さっきは「女の子なんだったら」と「さん」を選択したけれど、そうじゃなくて、友愛さんがなんであろうと、どのような幽霊であろうと、私はその幽霊を友愛さんと呼ぶ。そう決めた。

「そうそう、そういえば」予知夢の女友達の話をしてくれた足立さんが、思い出して別の話をしてくれた。ビルの名前を挙げ、「いたんですよ、あそこ」と言う。

以前足立さんはそのビルの一室でギャラリーをやっていた。そのギャラリーの、オープンを直前に控えた夜のことである。

とある芸大の学生たちが三人、展示の搬入をおこない、足立さんはそれに立ち会っていた。室内は暗かった。まだ照明に電気が通っていなかった。

足立さんは窓枠にもたれて立ち、三人の学生を眺めていた。彼らはそれぞれ離れたところで床に直接座り、うつむいてなにかの作業をやっていた。

そのうちに、一人の学生が「やめろよ」と声を上げ、なにかを払うように肩を乱暴にまわした。足立さんは彼を見た。薄闇の中、彼の姿はぼんやりと見えていたが、彼の背後は暗くてよくわからなかった。

「やめろって」彼がまた言い、うつむいたままでいっそう乱暴に肩を揺すり上げた。

しかし、足立さんの視界には、ここにいる三人の学生がみな、同時に入っているのである。

「怖くなって逃げました」足立さんは苦笑いした。

「え、学生さん置いて、足立さんだけ？」私は勢い込んで尋ねた。

「いや、みんなで。みんなで逃げましたよ」心外そうに足立さんが答えた。

お祓いしてもらったそうです」

「そのあとね、大家さんに言いましたよぼく。そしたら大家さん、後日、人を呼んでお祓いしてもらったそうです」

「へえー」

「そのおかげか、以降はとくになにもなかったですね」

「効果あったんですかね」

「大家さんによると、お祓いする人的にはちゃんとなんかいたらしいですよ」

「ふーん」

私は、でも足立さんは幽霊見たはらへんやんな、と思った。これは、足立さんが幽霊を見なかった話だ。

足立さんのギャラリーはもうそのビルにはないが、私はときどきそこへ行く。そのビルの一階に、お気に入りのネイルサロンを見つけたからだ。

私には爪を噛む癖がある。おかげで爪の形はどれも長方形じゃなくて真四角に近い。なかなかひどい深爪だ。幼児のころは、どうしてだかぜんぜんわからないけど、自分は冬にだけ爪を噛む、と思い込んでいた。だから冬には思う存分爪を噛んだ。だって春になれば、しぜんと噛まないようになるから。もしかしたら、一年か二年のあいだはそういうサイクルがあったのかもしれない。でも気がついたら私は年がら年中爪を嚙むようになっていて、中年にさしかかってもまだ直らない。

そんな筋金入りの爪嚙みの癖も、きれいなジェルネイルが載っているあいだはどうにかこうにか我慢することができる。ちゃんと爪が伸びてその爪がきらきらしていると自分の手じゃないみたいな気がする。それは、私が登場しない夢を見ているときの感じにちょっと似ている。

これは、そこのネイリストの泉さんがしてくれた話だ。

泉さんは、自分の店を出す前には、美容室の一角のネイルコーナーで働いていた。その美容室は全面ガラス張りで、一方通行の通りの向こうにあるデパートの入り口のひとつがよく見えたという。そのデパートは、私もしょっちゅう行くところだ。

「あそこの入り口、一階にそのまま入れるガラスドアと、外から地下食品売り場に下りていける階段があるでしょう?」

「ありますあります」指をおとなしく差し出しながら私は言った。階段は、エントランスを四角く囲い込むような形で、東側と西側にひとつずつついている。

「変なのは東側の階段のほうです。私、暇なときはぼーっと店内から外を眺めて過ごしてたんですよね。それで気がついたんです。雨の日でもないのに、東側の階段でだけ、人がよくつまずいたり転んだりしてるんですよ」

「西側はないんですか？」私もその入り口をわりとよく使うが、駅の場所やそこへ至る経路の関係で、私の使う階段はいつも西側だ。

「ないです。東側だけです」

泉さんは、そのことをとくに誰にも話さなかった。不思議といえば不思議だが、人に言うほど不思議だとは感じなかった。ただ多いなあと思うだけだった。あっまたつまずいてる、あっ転んだ。みんな怪我をした様子もなく、すぐに立って下りていく。

「それでね、そこのお客さんにですね、一人、見えるって人がいたんです。オーラが見える的な」

「ああ」

うさんくさいと思ったのが顔に出たらしい。泉さんが笑い出した。「私もね、そういうの興味ないんですよ。そのお客さんがほかのスタッフとそういう話をしているのが聞こえてただけで」

でもある日、泉さんが彼女の担当になってネイルを塗っていると、どういうきっかけからか「そういう話」になった。そのお客さんは、見えて見えて困るのだという。

子どものころはもっと見えていて、いつも遊んでいる面子（メンツ）の中に彼女にしか見えていない子が交じっていることになかなか気がつかなかったくらいだとか。

「その流れで、『あそこの階段、東側のほうにもいるよ』って、急にそのお客さんが言ったんです。私、あそこでよく人が転んでるなんて言ってないのに。ほかのスタッフに話したこともありません。なのに、『あそこ小さい子どもの霊がいるよ。よく人にいたずらしてる』って。私、それ聞いてもう、ぞーっとしちゃって」

その人は、その後結婚したのをきっかけに、がくんと見る力を失ったらしい。

「えー、なんでですかね？」

「なんでだろう。幸せになったから、とか……？」

「そんなの変、結婚したからって幸せなままで人生終わるわけじゃないんですから」

「ですよねえ」

帰宅して、私は夫にその話をした。夫も幽霊を見ず、信じない人である。私はてっきり夫がこの話を笑い飛ばすと思った。だが、彼はとても嫌そうな顔をした。私は意外だった。

「なんで？　どうしたん？」私は追及した。

「え—、だって気持ち悪いやん」と夫は言った。

「私、今度、西側じゃなくて東側の階段を上り下りしてみようと思うんやけど」

「やめて」悲鳴に近い声で夫が言った。「やめて、絶対転ぶから」

まあたしかに転ぶかもしれない。私は数え切れないくらい階段から転がり落ちたことがあるし、舗装されたなにもない道でとつぜん転んで地面にべったり伸びたこともある。そんな私が検証しに行ったところで、幽霊のしわざかどうか判断がつかない。ジェームズ・ボンドが転ぶならともかく。

「そういう意味じゃなくて」夫は本気で私を止めたがっていた。「とにかく気持ち悪いからやめて」

「でも、人通りも多いし、別に危なくもないし怖くもなくない？」私は心底不思議だった。「え、自分、幽霊信じてへんやんな？」

「信じてへんけど、とにかくやめて」

「ああそう？　じゃ、やめとく」

後日、そのデパートの前を通り過ぎたとき、私はこの話を思い出して早足で戻った。うるさい夫はいっしょではなかった。一人だった。真っ昼間で、いつものように一方通行の道路には車とそれを避けて歩く人があふれている。階段は無人だったが、下りきった先の休憩スペースでは何人かが座ってジュースを飲んでいた。

私は東側にまわり、階段をゆっくり下りた。なにごともなかった。それから、上がった。地下食品売り場には入らず、くるりときびすを返して階段を上がる私を、ベンチに座っている人のうちの一人がちょっと目を上げて見ていた。階段は、やはりなにごともなかった。私は無事に上りきって人通りの多い地上に立った。

まぶしく晴れていて、私の爪は私じゃないみたいにきれいで、頭はちょっとくらくらして、ごく軽い吐き気とめまいがあった。幽霊のせいでないのはわかっていた。ボンドなら毒を盛られたと判断していいかもしれないけれど、私は少し前にコーヒーを飲み過ぎただけだった。コーヒーは好物なのに、飲み過ぎるとよくこうなるのだ。

私はスーパーに寄って買い物をして、家に帰った。幽霊は見ない。それは、他のあきれるほど無数の日々と区別のつかない一日だった。私は手が私じゃないみたいなだけで私のままで、ジェームズ・ボンドでもなんでもなくて、敵に狙撃もされないし誰も撃たないし、事件解決も事件そのものもなし、爆発もなし、レア・セドゥに思いを寄せられることもない。これが夢だか現実だかわからないしどっちでもいいけど、いずれにせよこれが、私に割り当てられた夢だか現実だかなのだった。

幽霊とは生きているときに上げられなかった声だ

私は幽霊を見ない。

見ないが、幽霊とはなにかという問いは長く頭の片隅にあって、薄く埃をかぶっている。ときどき、その埃をふぅっと吹き払ってくれるようなことがあるが、先日、映画「ジェーン・ドウの解剖」を見たときにそれが起こった。

といっても、「ジェーン・ドウの解剖」には幽霊らしきものは出てこない。出てくるのは、若くて美しい女性の遺体だ。とある殺人現場で発見されたその身元不明の遺体を、一晩かけて検死官父子が解剖し、彼女の死の謎と正体を探る。しかし、彼女はただの遺体ではなかった。検死を進めるにつれ、医学的にありえない事態が彼女の体に起こっていたことが明らかになり、それとともに数々の怪奇現象が父子を襲う。

そういった、ミステリーのようでもあるホラー映画なのだが、それだけではなかった。怪奇現象のひとつとして、とつぜんラジオのチャンネルが切り替わり、少女の声で歌が流れ出す、というのがある。〈……／ママが教えてくれた／女の子が知っておくべきこと／……／だから心を明るく照らして／ニコッと笑うの／笑顔は無敵よ／心

を開いて……〉

これを聴いて、はっとした。私にはこの歌の怖さがわかる。何度も意図しない曲が流れる怖さじゃなくて、この歌そのものの怖さが。それは、周囲から暗黙の了解のうちに笑顔を強制される怖さだ。むっとしたり怒ったり、あるいは単に真面目な顔をしていると女の子なのにとっつきにくいとされ、女の子なんだから笑ってと促され、笑えばそれで内心の不満や生真面目さをなかったことにされる怖さ。そして私が感じた怖さを肯定するようにジェーン・ドウの遺体から判明するのは、彼女が性的に魅力的であるよう求められ、言葉を奪われ、逃げる手段を奪われた数々の凄惨な証拠だ。

つまりこの映画は、型通りの女性像を強要され自分の人生を生きることができなかった女性が、決して晴れることのない呪詛を誰彼なしに生き生きと撒き散らすありさまを描いている。

ジェーン・ドウに加害した当事者ではなく、仕事で検死しているだけなのに散々な目に遭う検死官の父子はかなり気の毒だ。父も息子も互いを思いやる気持ちを持ち、真摯に仕事をする好人物である。ただ少なくとも父のほうは、女性というものに対して自分が犯した罪を自覚している。二年前に自殺した妻について、彼がこう語るシーンがある。「彼女はまるで太陽のようだった」「彼女はいつも明るくて幸せそうだった」「何も予測できなかった」……ここで怪奇現象の一例であるあの歌が呼応する。〈女の子が知っておくべきこと〉〈ニコッと笑うの〉〈笑顔は無敵よ〉〈心を開いて明るく照らしましょう〉。彼もまた、妻の体の内側の声を無視したか、あるいはまったく悪気などなしに、無意識のうちに奪って過ごしてきた多くの男性の一人だったのだ。だから、声を奪われた全女性の恨みの権化である匿名の女性ジェーン・ドウが彼の前に現れたのは、物語としては必然であるといえる。彼女は文字どおり体を開かせることによって女の子が望まれてきたように心を開き、呪詛を叩きつけたのだ。

すべて見終わったとき、私はなんだか気分がすっきりしていた。そうだった、幽霊とはなにかという問いの答えはこれだった、と思った。幽霊とは、生きているときに上げられなかった声だ。歴史的に見て女性は男性に比べて声を上げられなかったから、だから幽霊の表象は女性像であることが多い。また、私たちは誰であれ今でも、上げられない声を抱えながら生きているから、それでこんなにも私たちは幽霊を追い求めるのだ。

友人の若山さんに、私は興奮のあまり涙ぐみながらこの話をした。若山さんは大人になってからできた同世代の友人だ。

「ふーん、まあこれだけ聞いてしもたらもうその映画は見いひんな、私」若山さんはコーヒーの紙カップをつまらなそうに手の中で回した。私のせいで見ないと言ったが、若山さんはもともと映画をいっさい見ない人だ。前に彼女がそうきっぱり言ったことはよくおぼえている。

「自分どっちにしろ見いひんやろ」と私は言った。「そういえばなんでなん？」

「それってさあ、その映画、何で見たん？　テレビ？　映画館？」私の質問には答えず、若山さんが質問を返した。

「アマゾンプライム」私は答えた。

「えっと……？」

「配信されてるやつをパソコンで見るねん」

「それって、途中で止まらへん？」

「一時停止のこと？　できるよ」

「そんなんわかってるわ」若山さんは不機嫌そうに言った。「勝手に止まらへん？」

「ああ、Wi-Fiが重かったりしたら止まるよ。急に解像度が悪くなったりすることもあるなあ」

「うわ」若山さんがますますうんざりした顔になる。「じゃあ絶対見ない。あのさあ、映画、途中で止まると怖くない？」

「うーんどうかなあ、どっちか言ったらいらいらするけど怖い映画やったら怖いかもなあ。あっそうそう」ちょうどいい思い出話があったので、私はうれしくなった。

『リング』ってわかる？　日本映画のめっちゃ怖いやつ。貞子っていう髪が長くて白い服着た幽霊がテレビから出てくるやつ」

「見てないけどなんとなく知ってる」若山さんが目を合わせなくなった。

「あれってさあ、最初の映像化はドラマやってん。高校生のときさあ私、火サスの再放送見るんが趣味でさあ、そのために四時くらいに間に合うように家に帰ってたんやけどさあ、あるときてっきり火サスやと勘違いして見てしまったのがそのドラマの『リング』やってん。ふつうにアリバイとかトリックとかあるやつやと思って見てたらちがったし、めっちゃびっくりしたわー。ほんであとになって映画の『リング』ができて、すごいブームになったんやけど、私もうそれ知ってるわと思って見てへんかってん。でもけっこう経ってから、やっぱりちゃんと見よかなと思ってレンタルビデオ屋さんで借りてきてん。あ、でももうDVDやった。ビデオじゃなくて」

若山さんが、「はあ」とも「ああ」ともつかない相づちを打ってくれた。

「でさあ、あれって『呪いのビデオ』のシーンあるやん？　知ってる？」

「どんなんかは知らんけどそういうのが出てくるのは知ってる」

「その『呪いのビデオ』、モノクロで映像粗くてけっこう禍々しくて、本気でいやな感じがするんやけどさあ、ＤＶＤ、その真っ最中に止まった」若山さんには言わなかったが、止まったのはたしか荒波を背景に、白い布を頭からかぶった男が、右腕を体の真横に伸ばして何かを指さしている場面だった。「巻き戻してもまたそこで止まるし、早送りしてもノイズがかかるだけで先に行かへんの。いったん停止して、ＤＶＤ出して、また入れて、そんで再生してもおんなじ。うえーと思いながら何回も何回もやって、やっとデッキの中でＤＶＤがキュッキュ言いながら先に進んでさーそれでもそのあと二分くらいは映像カクカクしてたかなあ。たぶんさあ、あの『呪いのビデオ』ほんまようできてるし、これまで借りた人らが何回も何回もあそこだけ再生しまくらはったんやと思うわ」

若山さんは目を合わせないまま「そういうのがいややねん」と言った。

「うん、ほんまいややったわ、さすがに怖かったし」

「そうじゃなくて、怖い映画やったらそらいやに決まってるけど、怖くなかってもいややねん。うちさ、昔お兄ちゃんが借りてきたビデオが絶対途中で止まってたん。そんで絶対最後まで見れへんねん」

「絶対？」

「絶対。『インディ・ジョーンズ』も『ロッキー』も『ダンボ』も『天空の城ラピュタ』も」

「全部最後まで見たことないの？」

「ない。ハリソン・フォードの汗かいた顔のどアップとシルベスター・スタローンの汗かいた顔のどアップとダンボの顔のどアップとパズーの顔のどアップで全部終わり。しかも停止できひんくて延々そのどアップがテレビに張り付いてる。映画が私を拒否してる。だから私も映画を拒否する」

「ああそう……」私は一瞬、それお兄さんか誰かが一時停止してただけとちがうん、と言いそうになった。しかし若山さんはそんな可能性はとっくに自分の中で検討済みだろうし、ここで私に言われたくもないだろう。「あ、じゃあさ、なおさら映画館で映画見たらいいんちゃうかな、映画館なら絶対止まらへんで」

「止まるよ」若山さんが急に姿勢を正して目を合わせてきた。「止まる。映画館でも止まる」

「え、うそ」言ってしまってから、失敗したと思った。人が言ったことに対して「うそ」はない。言うべきではない。

「ほんま」しかし若山さんは私の嘘認定にはびくともしなかった。「お父さんとお母さんといっしょに『ジュラシック・パーク』見に行ったとき、止まった」

「恐竜のどアップで？」

「ちがう、主人公のおじさんのどアップ」

「サム・ニールな」ぴんと背筋を伸ばした若山さんを見ていたら自分がずいぶん猫背になっていることがわかって、私もじりじりと背筋を伸ばした。「そんなんさ、ずいぶん騒ぎになったんちゃう？」

「ううん、それがそうでもない。みんなしーんとしてしばらくおじさんのどアップ見てて、それから静かに立ってばらばら帰りはじめた感じ。うちも、お母さんが『今日はもうあかんな』って言って、『帰ろ』って……」

「え、そんな感じ？　映画館の人からなんか説明とかないん？」

「ないない。そんな感じ」

若山さんは、スクリーンにどアップの、静止した人間の顔をみんなで黙って眺めていた数十秒が怖くてたまらなかったと言った。

「テレビとちがってさ、スクリーンって異常に大きいやん？　せやし人の顔も異常に大きいやん？　あんな大きい顔の人っている？　もしいたら怖くない？　絶対怖いやろ？　私は静止してるん見てそれに気が付いたんやけど、よう考えたら別に動いてたって怖いやん。なんでみんな平気で見てるん？　なんで藤野さんは平気で見てるん？　自分の体全部より大きい顔やで？　もっともっと大きい顔なんやで？」

なんでだろう？　なんで怖くないのかわからない。私は正直にそう言った。若山さんは、だから映画は見ない、ついでにテレビで放映する映画も見ない、また止まったらいやだから、とくに今は一人暮らしだから、と早口で言った。

私は若山さんと別れたあと一人で映画館へ行き、異常に巨大な顔の異常に巨大な目玉や鼻や口、毛穴や眉毛や睫毛、異常に巨大な手足を見て過ごした。怖くはなかった。映画はおしまいまで滞りなく進み、終わった。

私にも実は、途中で止まってしまう映像の記憶がある。若山さんの場合とはだいぶちがって、私の場合は止まってしまうといっても続いているのだけれど。

私の曾祖父は、私が小学校三年生のときに亡くなった。死の数年前からは曾祖父は高齢者施設に入っていてもうほとんど交流がなかったし、私は薄情にも日常生活において曾祖父に思いをめぐらせることもなくなっていたが、幼稚園児だったころには曾祖父は私にとって大切な遊び友達だった。

　両親に連れられて曾祖父の家に行くと、必ず曾祖父が私を自室に招いてくれた。家の端にある、すっきりとした畳敷きの部屋だった。私の記憶ではそれはいつも冬で夜だ。夕食後、冷たい木の廊下を渡り、火鉢で温もった曾祖父の部屋に上がる。曾祖父は私におかきの袋を渡す。私はお腹がすでにいっぱいだけれども、それを頬張ってごりごりと噛み砕く。曾祖父はテレビで時代劇を見ている。そのままいっしょに延々と時代劇を見ていることもあった。しかしアニメが放映されている日には、曾祖父は私のためにチャンネルを替えてくれた。私からアニメが見たいと申し出たおぼえはない。私はそもそもアニメの放映される曜日や時間を把握していなかった。だからそれが私が楽しみにしていて、ぜひ見たいと思っているアニメであったことはなかった。けれど曾祖父は無言でそのチャンネルに切り替え、私も無言でおかきを噛みながら受け入れた。私がおぼえているのはいまだにタイトルのわからない吸血鬼のアニメと、手塚治虫の「ユニコ」、それから「タッチ」だ。

　どのアニメも長かった。果てしなく長かった。吸血鬼のアニメでは、マントを羽織ったオールドスタイルの吸血鬼が、夜ごと城に忍び込み、ベッドで眠っている女性のかたわらに立ってじっと彼女を見下ろしていた。女性は目覚めなかった。吸血鬼は彼女の血を吸わず、ただ牙をむき出してじりじりしながら彼女を見ていた。やがて朝が来る。吸血鬼は朝日に焼かれながら蝙蝠に化けてどこかへ帰っていく。また夜が来る。繰り返し。私は飽き飽きしたが黙っていた。曾祖父も黙っていた。

「ユニコ」は、様々な人々との出会いと別れを繰り返していた。出会ってからなんらかの冒険があったはずだが、私の記憶では別れのシーンばかり反復している。誰もがユニコとの別れを惜しむ。ユニコも本心では去りたくない。でも去らなければならない。私は悲しかった。ユニコは人間たちとはちがう時間の流れの中で生きている。その気の遠くなるような孤独に私は畳に座っている感覚さえ取り落とし、自分までどこかへ放り出されるような気分になった。私はうんざりしてもいた。もうこれ以上は見ていたくはなかった。しかしやはり、私は曾祖父に何も言わなかった。曾祖父も黙って新しいおかきの袋を開けるだけだった。

「タッチ」のときは、曾祖父が口を利いたのをおぼえている。止まってしまう映像もこの「タッチ」だ。どんなストーリーだったかは忘れたが、ともかく南とたっちゃんの一日が終わる。夜になる。テレビ画面には、夜空を背景にした上杉家の家屋全体が映っている。そのカットのまま、動かない。でも停止してしまったわけではない。虫の声がしている。ときどき遠くを通る車の音もする。ただ、何も起こらない。家から誰も出てこないし、誰も家を訪ねない。家がしんしんと映り続けている。私はじりじりとして見ている。やがて曾祖父が言う。

「さあ、もうおしまいや」

「でもまだ映ってんで」

「アニメの中も夜になったんや。朝までこのままや」

「朝って、こっちが朝になるまで？」

「そうや」

　曾祖父は、アニメの中で流れる時間と現実の世界で流れる時間がまったく同じだと言っているのだった。

「南もたっちゃんももうすぐ寝るやろ。せやし、かおりももう寝んならん」

「テレビの中もちゃんと朝になる？」

「朝になる。明日(あした)の朝になったらちゃんと朝になる」

　テレビはこのままつけておく、朝になるところはひいおじいちゃんが見といたるさかいな、と曾祖父が約束してくれた。

　促されて、私は立った。頭が痛かったが、これはいつものことだった。立つとくらくらするのもそうだ。火鉢で汗ばむくらいに温もっていた曾祖父の部屋を、私は一人で出る。寒くて暗い廊下に出るとめまいと頭痛がますますひどくなったが、肺に沁(し)みる冷えた空気が心地よかった。私は目がくらんでほとんど何も見えない状態で、ふらふらと両親や祖父母のいる食堂へ戻る。両親に車に乗せられ、自宅へ帰る。家に着くころにはめまいも頭痛もおおむね引いている。今から思うと、私はいつも曾祖父の部屋で軽い一酸化炭素中毒を起こしていた。

あのアニメはなんだったんだろうなあとときどき考える。テレビの中は、翌朝ちゃんと朝になったのだろうか。私は何度も何度もそのことを想像したから、夜中と同じアングルのまま次第に朝日に照らされていく上杉家と、その光の質が早朝のものからふつうの朝のものへと変化していくイメージが、見てもいないはずなのに頭の中ででき上がっている。

関さんは、むしろ映画が止められないせいで困惑したことがあるらしい。

「まあぼくが入るところをまちがえたんだと思うんですけどね、だってそれしかないし」

「えっと、シネコンだったんですよね」

「そうです」

関さんは仕事でたまたま同席した人で、人となりもなにも知らない。しかし私は急速に親近感を抱いた。私は逆方向の電車に乗ったことは何度でもあるし、街はもちろんのことカラオケの店内でも迷子になったことがある。いつかシネコンでもそういう種類の失敗をするだろうという、ほぼ確信に近い予感がある。

「私もいつも、席に着いたあとちがうスクリーンの前に座っちゃってるんじゃないかと不安になります」

「ぼくは別にそんなこと思ったことなかったんですけどね」関さんがちょっと首をかしげた。

「ほら、席番号はチケットと実際の座席を見比べて確認できても、シアターの番号はもう座っちゃったら確認できないじゃないですか」

「でも入る前に確認してるでしょう？　それでじゅうぶんじゃないですか？」

「でも関さんは実際にまちがえたんですよね？」私は先を促した。

「そうなんですよ……」関さんが眉をひそめた。「でもぼくは確認したんですよね。ふつうに」関さんは方向感覚には自信のあるほうで、このとき以外にとくに困ったことはなく、それだけにこの経験にはいまだに納得がいっていないようだ。

そのとき関さんが行ったシネコンは大型スーパーに併設されているタイプの館で、建物そのものがシネコンになっているものとはちがい、エリアに入ってしまうとエスカレーターや階段で上下の移動をする必要はなかった。すうっと延びた一本の長い長い廊下の左右に、いくつものシアターの扉がついているというつくりになっている。

彼のお目当ては、公開まもない「ダークナイト」だった。

「たしか上映の十分くらい前に着いたんですが、平日の昼間だったのにほぼ満席だったんですよ。ていうか、ぼくが前日に予約しておいた席しか空いてなかったんです。その席だけぽつんと空いてて、あとは人がびっしり。そんなの見たことなかったから、さすが評判になってるだけあるなあって感心しましたね」

「へえ、それはすごいですね」

「でもぼくの座席しか空いていないということは、やっぱり入ったシアターは正しかったんじゃないかと思うんですけどねえ……」

「でもちがったんですよね？」

「そういうことになるんだと思います……」

照明が暗くなり、予告編の上映がはじまっても、関さんはまったく疑問を持たなかった。それだけに、「ダークナイト」のかわりに「ローマの休日」がはじまったときは度肝を抜かれた。

「いや、これも予告編のひとつなんだと最初は自分に言い聞かせてたんですよ、リバイバル上映とかあるじゃないですか。そういうやつの予告だと。でもぜんぜん止まらないんです、『ローマの休日』が……」

まわりのお客はいっさいざわつかず、いたって静かに「ローマの休日」を見ている。

「両隣の人に聞くわけにもいかないし。三十分くらい見たところで、どうしてもこらえきれなくなって席を立ちました」夜のローマの街中で眠ってしまったオードリー・ヘプバーンを、グレゴリー・ペックが自分のアパートに連れ帰り、ベッドを提供するあたりだ。

出入り口に続く折り返しのところで、関さんは観客たちを見上げた。モノクロ映像の放つ青白い光の中で、満員の人々が咳（せき）もくしゃみもせず前を向いて座り、画面に見入っていた。

「別にふつうで、変わったところはありませんでしたよ。たぶんそんなもんでしょう？　映画を見てる人たちって……」

シアターを出ると、関さんはすぐに財布からチケットを取り出してそこに記載されている番号と壁に掲示されている番号を見比べた。たしかにそこには、同じ数字があった。

「だからつまり、まちがってなかったんです」

「でもまちがってた……？」

「だって実際に、今出てきたシアターでは『ローマの休日』をやってたんですからね」関さんは苦笑した。

彼はほとんど走るような早足で、長い廊下のはじまりのところでぼーっと立っているスタッフのもとへ行き、チケットを見せながら「これ『ダークナイト』なんですけど、×番シアターですよね？」と尋ねた。スタッフはいぶかしげにうなずき、「×番シアターになります」と言った。

関さんは、「さっきそこから出てきたのだがちがう映画を上映しているようだ」といった内容のことを二、三度繰り返した。しかしスタッフは相変わらずいぶかしげに「×番シアターになりますが……」と言うばかりだった。

結局関さんは、とぼとぼと歩いてひとつひとつのシアターの番号を確かめながら再びその×番シアターの前に立った。意を決して中に入る。

「そしたらね、『ダークナイト』でした。ちょうどバットマンが香港かどっかに行って経済ヤクザみたいな人をゴッサムに連れ戻す場面でしたね」

「なんかそんなシーンありましたっけね。バットマンってすごい勝手に自家用ジェットで外国を行き来してません？」

「おまけにお客は満席じゃなくて、そこそこ入ってはいるけどちらほら空いてて……『ローマの休日』のときは両隣ももちろん埋まってたのに、『ダークナイト』ではたしか、右は人がいたけど左はいなかった」

「さっきとはちがうお客さんたちだったんですね？」

「そうだと思います」

「それで、関さんの席は空いてましたか？」

「はい、空いてました」

関さんは釈然としないまま席におさまり、「ダークナイト」を最後まで見たという。開始四十分後から見てもストーリーを追うのにさほど支障はなく、とても面白かったと関さんは言った。

「変な話でしょう？　ぼくはまちがってなかったけど、まちがってたんですよ」

「でも最初に、『入るところをまちがえたんだと思う』っておっしゃってましたよね」

「だってそう思うしかなくないですか？」

「その日、そのシネコンで『ローマの休日』は上映してたんですか？」

「それが映画が終わってからチケット売り場の電光掲示の上映スケジュールを確認しに行ったんですけど、『ローマの休日』は見当たりませんでした」

「スタッフの人には聞かはりました?」

「聞かなかったです。だって恥ずかしくないですか? 今日ここで『ローマの休日』やってますかって聞くの」関さんは唇の片方だけをひきつらせた。

そうですねえと私は答えた。それから、「ダークナイト」を見ていた人たちは関さんといっしょに映画館を出ただろうけれど、「ローマの休日」を見た人たちは一体どこへ行ったんだろうと思った。

後日談

この本は、２０１２年からぽつぽつと発表してきた連載をまとめたものだ。現在は２０１９年。７年も経つと、いろいろなことが変わる。

連載当時、これらは「怪談実話」と銘打たれていた。私が書いてきたものが本当に怪談実話のうちに入るのかどうかよくわからないけれど、怪談実話といえば後日談だろう。だから、最後に私も後日談めいたものを少し並べてみたい。

祖母は去年、亡くなった。母は結局、子どものころの不思議な経験について尋ねることなく祖母を看取(みと)った。うちの近所の、平板な猫の鳴き声が延々と聞こえる家も、去年取り壊された。空き地は思いのほか広い。スターバックスでもできないかなあ、とときどき見に行くが、まだ工事に入る気配すらない。草ばかりがぼうぼうと伸びていく。夫は、「どうせホテルになるねんろ」と言う。そうかもしれない。ここ数年で、うちの近所はホテルだらけになった。観光客の数は年々増えており、ホテルを建てても建てても追いつかないと聞く。でもいつか、ふと観光客が途絶えたとき、私は無数の空室に囲まれて暮らすのだろうか、それはどんな気分だろうとしょっちゅう考える（「私は幽霊を見ない」）。

iPhone は4sから6sに換えた。ニコラス・ケイジを逆恨みしたことは反省している。あれからすぐに画像の保存を再開したし、それに加えてジェイソン・ステイサムやドニー・イェンの画像もせっせと保存するようになった（「消えてしまうものたち」）。

エア猫は、相変わらず飼っている。近隣を散歩しながら話す、というちょっと変わった、だけどとても楽しい取材を受けた際、その話をした。

「撫でてみてください」とライターさんが言った。

「え、それじゃあ……」と私は道路でかがんだ。エア猫がすり寄ってきたので、顎を撫でてやった。背後でカメラマンさんがしきりにシャッターを切る音が聞こえた。後日、そのインタビューが載ったウェブサイトを見ると、なにもない空間に上に向けた手のひらを差し出す私の写真があった。でも、心のきれいな人になら、私に顎をくすぐられて目を細めて喜ぶ愛らしい猫の姿がきっと見えると思う（「国立民族学博物館の白い犬とパリで会った猫」）。

ポケモンGOはもうやっていない。面倒になって、アプリを消してしまった。だからポケモンの姿はもう見えない。今もうちの中にいるかもしれないけれど、もう会えない。まあそれはかまわない。問題は、私がすでに捕まえていたポケモンたちだ。高校生のとき、たまごっちが流行っていたのだけど、ある男子がたまごっちの世話を故意に怠って死なせてしまった。それを、交際相手の女子が涙ながらに咎めていたことを思い出す。罪悪感に胸がしめつけられる。私がiPhoneの中に監禁していたポケモンたちはどうしているだろうか。どうか檻を破って、めいめい好きなところで暮らしていますように（「幽霊はいないけれど、不思議なことはある」）。

ユーフォルビア・ホワイトゴーストの死骸は一年ほど観察して捨てた。最後はもとの半分以下のサイズに縮み、炭のかけらみたいに真っ黒になった。死骸を載せていた陶器の皿をゴミ袋の上で傾けると、皿の上に薄く積もっていた埃がふわっと浮いた。その夜、仕事から帰ってきた夫はいち早く死骸がないことに気づき、「あれ捨てたんだ、よかった！」と喜んだ（「理想の死に方とエレベーターと私が殺した植物たち」）。

しかしその夫のせいで、植物はその後もひとつ、またひとつと倒れていった。アイオワ大学のレジデンスに参加するにあたって、私は夫に細かく水やりの指示をした。観葉植物は少なくとも週に一回は水やりをするけれど、多肉植物は一ヶ月に一回でもかまわない。また寒くなってきたら、多肉の水やりは完全に停止してほしい。それを、どういうわけか彼は「小ぶりの鉢の観葉植物にはまったく水をやらなくてよい」と勘違いしたらしい。さらに、酷暑の中、水をもらえずに日に日にぐったりしていく観葉植物の様子に、彼はまったく気づかなかったという。植物たちがどういう様子か写真を撮って送って、と頼み、送られてきた写真を見て私は仰天した。自分の撮った写真をよく見てほしい、と私は夫をメールで詰問した。これとか、しおれて倒れちゃってんねんけど。

「ごめん、わかんなかった」と夫は返信をよこした。

私はシャーリーンに愚痴を言った。シャーリーンもロンドンの部屋に観葉植物たちを残してアイオワにやってきていた。

「わかる、私の植物たちも今頃死んでいってると思うよ」シャーリーンは悟りきった顔で言った。

シャーリーンは去年、日本に遊びに来た。待ち合わせをして、ふたりで少し飲んだ。レジデンスの思い出を語り合ううち、ニューオーリンズの話になった。

「あのホテル、出るって話やったけど出えへんかったよな、残念」と私が言うと、シャーリーンは突然真顔になって私を見た。

「出たよ。私、見た」

「え、ほんま？　どこに出たん？　どんなんが出たん？」

「どんなのかはわかんない、でもたぶんあれは女の人だったと思う。バスルームで気配がしたんだよ、すごく怖かったよ。ちらっと影も見えた」

それでその話は終わりになってしまった。しばらくして別の話題が一段落してから、私は尋ねた。

「ところでニューオーリンズのホテルのドライヤーやけどさ……、シャーリーン、あれ、巻き取り式やって知ってた？」コードの異常な短さについて書いてしばらく経ってから、iPhoneに残っているドライヤーの写真をまじまじと見て、それからhair dryerを慌てて画像検索して、私はようやく気がついたのだ。持ち手の中にコードが格納されていて、きっと引っ張ったらずるずると出てきたであろうことに。

「え？　いや、忘れたけど」シャーリーンはきょとんとしていた。シャーリーンは何も疑問に思わず、ごく自然にコードを引き出して普通に立ったままドライヤーを使ったのだろう。自分の間抜けさが悲しい。幽霊だって、コードが異常に短いままで必死にひざまずき、首を無理に傾けて苦労して髪を乾かしている人間なんかの前には出たくないだろう（「アメリカの空港で幽霊を探す」）。

私は幽霊を見ない。毎回そう書いてきた。

でも実は、自分が幽霊だと感じることがしょっちゅうある。それは、本を読んでいるときや映画を見ているときだ。私は目の前の世界の住人ではない。その世界のいっさいに介入できない。私とは無関係な誰かが何かをしているのを、固唾(かたず)を呑(の)んで読んだり見たりしている。それから、小説を書いているときも同じように感じる。私は、私が小説に書いている世界の住人ではないし、その世界にいっさい介入できず、私とは無関係な誰かが何かをしているのを一生懸命見て、一生懸命記録する。そういうふうに思って書いている。本や映画や、私の書きかけの小説の中の世界からしてみれば、透明な姿でただ見たり、勝手に記録したりしているだけの私は、きっと幽霊と呼んで差し支えない存在だろうと思う。ときどき、反対のことも考える。つまり、私、パソコンの前に座って必死でものを書いたり、スーパーで買い物をしたり、本を読んだり映画を見たり、起きなければならない時間を大幅に過ぎてもまだ寝ていたりする私を、透明な人がそばでじっと見ているかもしれない。もしかしたら、その透明な人は小説家で、無心に記録しているかもしれない。

それだったら、私は幽霊を見なくていい。見たりしたら、その幽霊の仕事を邪魔してしまう。だから、私が書いている小説の中の誰かも、どうか私のことを見ないでほしいと思う。

私は今も幽霊を見ない

私は幽霊を見ない。

見ないあまりにそれについての本を書いて、このたびこのように文庫本になった。書き始めたとき、私は三十二歳だった。今は四十二歳だ。

私はやっぱりぜんぜん幽霊を見ない。見ないけれど、大好きだ。私だけではない。みんながみんな大好きなはずだ。だから会えないのがふつうであるにもかかわらず幽霊はこんなにも有名だし、物語にもしょっちゅう出てくるのだ。

子どもの絵本にも、おばけが出てくるものはとても多い。ただし、「おばけ」だ。幽霊と書かれているものは「おばけ」に比べればずいぶん少ないように思う。妖怪や鬼なら、幽霊よりはよほど多い印象だが、多分「おばけ」にはかなわない。「おばけ」の中には幽霊も含まれるはずだが、幽霊と言ってしまうとそれはもうはっきりと死者の形態のひとつであるので、子どもにまず「死」を説明する必要が生じる。それだから子どもにはとりあえずざっくりと「おばけ」なのかもしれない。今では私には三歳の子どもがいて、その子どもも、少なくとも一歳半くらいのときからすでにおばけが大好きである。ソファに敷いておいたブランケットをすっぽりかぶってゆらゆらと立ち上がり、「おーばーけーだーぞー」と私を脅す。

おばけ、鬼、幽霊、妖怪は、YouTube にもあふれかえっている。私は子どもが生まれる以前は YouTube に関心がなく知識もなかったが、子どもはいつのまにか誰がつくったのかわからない子ども向けのそういった動画を見まくっており、私がそこらへんを散らかしたままにしていると「あかんよ。てんじょうくだりが来るよ。こわいよ」とわざと怒った顔をしてみせる。私の知る限り天井下りは片付けをしない人間を戒めるための妖怪ではなかったはずだが、子どもが見ている動画ではそのような属性を持たされているようだ。

怪談のパターンとして、幼児が部屋の隅になにかを見出しているような行動をとるが、大人はそれを認識できず不気味な思いをするという話はわりとよくある。幼児はまだ体が小さくて弱く、健康な大人よりはずっと死に近い。それで幽霊とは親和性があるように思われるのだろう。また、幼児と幽霊は、どちらも自分の気持ちを言葉ではっきり表明する技術を持たない（あるいは発揮できない）という点でも親和性が高いのかもしれないと思う。私は、なにせ幽霊を見ないものだから、幽霊の友達がいるということにはちょっとした憧れがある。せめて幼い子どものころくらいは、そういう特別なことがあったってよかっただろうにとも思う。私の子どもにはそうしたことが起こるだろうかと観察しているが、今のところぜんぜんそういった兆候はない。

ライターの長野(ながの)さんは、幼いころ、家のリビングの隅にいつも人が立っているなーと思って過ごしていたという。それはおそらく女の人で、ひたすら立っているだけでとくに動きは見られなかった。その家は一軒家で、一階部分を葬儀屋に貸し出していたため、ご遺体が運ばれてくることもよくあった。「そういうのもあったせいかなって思ってます。わかんないですけど」と長野さんは言った。

編集者の上村(うえむら)さんが幼稚園に入りたてのころ、家のエアコンの上に小さな女の子が一年ほど住んでいた。その女の子ははみちゃんという名前で、ショートカットで、やっぱり幼稚園児くらいに見えた。ただ、エアコンの上に乗れるだけあって、新生児ほどの大きさしかなかった。

はみちゃんのことは上村さんにしか見えなかった。でも上村さんはよくお母さんに、はみちゃんが今なにをしているのかを話していたので、はみちゃんは上村家ではよく知られた存在だった。はみちゃんはお留守のときもあった。

「そうなんだ、はみちゃんは今日はお留守なんだね」お母さんは慣れたものでうんうんとうなずいていつも上村さんの話を聞いた。

ある日、上村さんが「はみちゃんもうすぐガソリンスタンドにお引っ越しするんだって」とお母さんに告げた。

「そうなの。ガソリンスタンドに」お母さんはまたいつものはみちゃんのお出かけかなと思ったが、それを機にほんとうにはみちゃんはいなくなってしまったらしい。

すると、お父さんの勤め先の会社が倒産したり、親戚の人たちが次々と病気になったりとよくないことが続き、「はみちゃんがお引っ越ししちゃったせいかもしれないね」とお父さんとお母さんはうなずきあったという。

当時の上村さんの実家の近所にはたしかにガソリンスタンドがあり、はみちゃんはそこに引っ越した可能性があるとのことだが、そのガソリンスタンドもとっくにつぶれてしまった。きっとはみちゃんはまたお引っ越ししたのだろう。

スターバックスで隣の席に座っていた女の子が、「親戚のおじさんが亡くなってその人の家にお葬式に行ったときさあ」と話しはじめた。「めっちゃ前なんやけどさ、うん、子どものとき。家に着いたらさあ、いとこのそうまくんがめっちゃ泣いてんのね。え、ちがう、そうまくん、べつにそのおじさんの息子とかではない。ただの親戚。えーそうまくん、おじさん死んじゃったのそんな悲しい？とか思いつつうろうろしてて、なんとなくおじさんの部屋に入ってみてん。そしたらカメラがめっちゃあって。おじさん、カメラマンやったんよね。で、私、なんにも触ってないのに急にカメラが一台棚から落ちてさ。ゴーンって。やばい怒られるって思ったけどしゃあないからお母さんに言ったら、お母さんあわてて部屋に入ってカメラ元通りに置いて、勝手に部屋に入ったらあかんやろってちょっと怒られたけどまあ思ったほどは怒られへんかった。あとでそうまくん、『あの部屋、カメラが走るからいやや』って言っててさ、泣いてたのはカメラが走るとこ見てしもたからやったんやって」

「え、カメラが走るってどういうことよ」女の子の対面の女の子がちょっと笑いながら尋ねた。

「いやーわっからん。べつに脚が生えたりしたわけではないと思うけどなあ」体験者の女の子もちょっと笑っていた。

　私が怖い話か不思議な話を常に聞きたがっていることを知っている友人の奥山さんが、「あるんですよ」と連絡してきてくれた。奥山さんは二十代の男性で、知り合ってもう八年くらい経つだろうか。「ぼく、寝てるとき吠えるんです」という。「ぼくはおぼえてないんですけど、寝てるとき吠えてるって彼女が」

「吠えてるってどういうことですか？」

「犬みたいに。それか、狼の遠吠えみたいに」

　そこで去年の秋、奥山さんと彼が一年半ほど前から交際しているという内藤さんとイノダコーヒで待ち合わせをして話を聞かせてもらった。イノダコーヒ本店の二階の丸テーブルは三人で座るにはちょっと大きくて、私たちは距離をとって座ることになった。その距離も、白いテーブルクロスも、なんだかあらたまった正式な席であるかのような雰囲気を醸し出していて、私はちょっと緊張した。もっとも、コロナ禍での取材なので、私たちのあいだに距離があるのはむしろ正しいことではあった。

　内藤さんは奥山さんと同じ年頃の女性だ。

「お願いします」挨拶すると、「たぶん一年くらい前から起こりはじめたと思います」と彼女はにこやかに切り出した。

「夜、寝てるときに吠えるんです。日によってバリエーションがあって、わおーんみたいなときもあれば、ばうばう系の野太いときもあります。犬と狼の中間みたいな獣の声ですね。その吠えが始まる前に、まず唸り始めるっていうのがあるんですけど。最初のほうは本当にびっくりしたので、そのたびにだいじょうぶ？　って起こしてました」

「ぼくはいっさいおぼえてないです、夢も見てない」奥山さんがうなずいた。

「今はもう慣れちゃったんですけどね。三、四日に一晩は吠えてる気がします。あと、吠えとはまたちがうんですけど、何層かの声を出してるときもあって。ホーミーってわかります？　高さのちがう声を同時に出すっていう……そんな感じで、うーーーーっていう唸りをベースにほわーんほわーんっていう声を出してて、なんか笑っちゃって。起こして、今二種類の声出てたよって言ったら、いやそんな声出してないよって言うんですけど出てたんですよ」内藤さんは笑い出していて、私も奥山さんも笑っていた。

「ちょっとやってみてくださいよ」私は奥山さんにお願いした。

「いやできないですよ」奥山さんが首を振る。

「できないんですよね、起きてるときは。録音して聞かせてあげようと思うんですけど、私がスマートフォンを触ってると起きちゃうんですよ」内藤さんがコーヒーカップを音もなく持ち上げた。

私はケーキとコーヒー、奥山さんはケーキとオレンジジュース、内藤さんはコーヒーだけだった。イノダコーヒのケーキはどれもかなり甘い。私は甘いものはきらいではないし、甘いものが人に与えるわくわくした気分を知っているしそれを感じることもよくあるけれど、実際のところあまり興味がない。すぐに胸焼けがするし、辛いものかすっぱいもののほうが好きだ。私は最初の一口はケーキを心から歓迎していたが、すぐに限界を感じ始めて、もうこのころには早くもケーキを注文したことを後悔していた。自分が甘いものが得意でないことがわかっているのに、ついケーキを見るとうれしくなって注文してしまった。内藤さんみたいに品良くコーヒーだけにするべきだった。私はきっと残すだろう。私は奥山さんが残してもまったくなんとも思わないが、自分が残すのはなんだか恰好が悪いような気がする。自分の食べられる量もコントロールできない人だと思われたくない。

「女の子がやってきたこともあったよね」順調にケーキを片付けながら奥山さんが促した。

「女の子？」イノダコーヒのケーキにはナイフとフォークがついている。それでぼろぼろとケーキを崩しながら私は尋ねた。

内藤さんはうなずいた。「そうそう。半年くらい前です。いつものように吠えて、私ももう慣れてるのでそのまま寝てたんですけど、気がついたらしゃべり出していて。最初はうん、うん、ってうなずいているような感じで、寝言言ってるんだなって思ってたら、だんだん声が高くなっていって、どうも一日の出来事を楽しそうに報告してるみたいなんですよね。しかも、いつもの奥山くんのままで声だけ高くなってるんじゃなくて、しゃべり方なんかが子ども返りしてる感じだったから、こういうの話しかけたらよくないのかなって思ったんですけど、寝てるの？　って聞いてみたんです」

「え、そしたら？」

「そしたら、五歳くらいの女の子の声で『うん』って。それで、えっ奥山くんなの？って聞いたら『ううん』って」

その女の子の正体については二人とも心当たりはないが、実は犬の正体には心当たりがなくはないらしい。

「いや、関係ないかもしれないですけど、ジョンじゃないかと……」と内藤さんがなにかを思い起こそうとしているような表情で言った。それで、ジョンという犬はもういないんだということがわかった。内藤さんは白いテーブルクロスのコーヒーカップの向こうのなにも置いていないところで、もう会えない犬の姿を思い起こしている。

内藤さんは私のほうを見た。

「うちの父方の実家はもともと神社だったんです。で、最近知ったんですけど」そこでまた内藤さんは笑い出した。「あの、父の祖母が、私からすれば曾祖母にあたるんですけど、その人が霊能者だったらしくて。私はぜんぜん会ったことがないんですけど、曾祖母、顔の右半分に大きな痣がある人で、地元の人には『あの人に聞くとなんでも当ててもらえる』って評判だったらしいんですよね、嘘みたいな話なんですけど。可笑しくないですか？　最近になってそれを知ってテンションあがっちゃったんですけど」

「わかります」私はうなずいた。私は父方の曾祖母には会ったことがないけれど、母方の曾祖母には会ったことがある。私の曾祖母はそういう意味ではまったくふつうの人だった。昔の人なのにかなり背の高い女性だったというのは繰り返し母が言っていたから、今の私よりも高かったのかもしれない。母の実家だった家で、食卓に座っていた曾祖母は、ほかの家族の目のない機会を見計らってまだ幼児の私にあっかんべーをした。でも亡くなる間際、施設のベッドで、曾祖母は私に「あんたはかわいい顔をしてる」と愛しそうに手をのばした。またあっかんべーされるんだと思っていた私は仰天した。

「でもその曾祖母やそのあたりの代の人たちが亡くなってしまったあたりで、父の姉が、あ、父は五人きょうだいの末っ子なんですけど、いちばん上のお姉さんが新興宗教にばちばちにはまってしまって、神社を取り壊しちゃったんです」

「あらら……」

「その年のクリスマスに、ずっと飼ってた雑種のジョンが狂ったように吠えだして逃げちゃったそうです。みんなにかわいがられてた犬だからジョンが脱走したって大騒ぎになったんですけど、結局そのまま帰ってこなくて……。ただ、そのいちばん上のお姉さんだけはどうもジョンをかわいがってなかったらしいです。それでですね、神社を壊したとき、そのお姉さんは五十歳だったんですけど、五十歳のうちに亡くなりました。なんで五十歳っておぼえてるかっていうと、それ以降、そのお姉さんを筆頭に父のきょうだいがみんな上から五十歳で亡くなるようになっちゃって」

「え!?」私はケーキから目を離して内藤さんを見た。ケーキはすごく美味しいのにもう苦痛だったが、恰好の悪いことはしたくないという気合いだけでまだなんとか口に入れていた。「内藤さんのお父さんは……?」

「父はまだ生きてます。婿養子に入ったからじゃないかなって思うんですけど。でも父も五十歳になるときすごく怖がってましたね。で、この話、私、ほかでもけっこう話したりしてるんですけど、そうしたらある人に『それたぶん末代まできっちり呪いたいから皆殺しにするんじゃなくて一人残してるんだよ』って言われて……」

私は奥山さんを見た。奥山さんはケーキをきれいに食べ終えて、きちんとナイフとフォークを斜めに揃えて置いていた。

「で、奥山さんにはもしかしてそのジョンが取り憑いてるんじゃないかと、そういうことですね？」

奥山さんは笑った。「かもしれないですね」

「え、いい話じゃないですか？　ジョンは内藤さんを守るために奥山さんに取り憑いたんですよ」私は断定した。「今度、奥山さんが吠えたら、ジョン？　って呼んでみてくださいよ」

「そうします」内藤さんはうなずいた。「すっごく小さいとき、ジョンには何回か会ったことがあるんです。かわいい犬だったなあ」

私は結局ケーキを半分も残した。お皿の上のケーキは、荒れ果てて呪いをため込んだ神社みたいだった。

「行儀が悪くてすみません。体調が悪いとかじゃないんです。自分がどれだけ食べられるのかもわかっていなくてすみません」私は謝った。奥山さんも内藤さんもきょとんとして、私がケーキを残したことなんてぜんぜん気にしていないということがわかった。

前にもこの本でちょっと触れたことがあるが、私は「今日の心霊」という心霊写真をモチーフにした短編小説を書いたことがある。とある女性が撮るものは、すべてが心霊写真になってしまうといった内容だ。子どものころにカメラ付きフィルムで撮ったものから、大人になってカメラ機能付き携帯電話で自撮りしたものまですべて。それと似た話を、Zoomで取材してくださった記者の朝倉(あさくら)さんからうかがった。私の小説を思い出して、わざわざ話してくれたのだ。

「小学校の同級生にまちこちゃんっていう子がいましてですね」朝倉さんの背景は草地で、朝倉さんが姿勢を正すなどしてちょっと上体をうしろにやったりすると、肩や顔の一部がかんたんに草地の画像に溶けてしまう。「まちこちゃんは藤野(ふじの)さんの小説とはちょっとちがって、まちこちゃんが写る写真がぜんぶ心霊写真になるんですよね。気がついたときにはもうまちこちゃんの周りでは大人も子どももそれが暗黙の了解になってて。まちこちゃんが気にしちゃいけないからってみんな気を遣うようになってましたね。運動会とか遠足とかで撮った写真を学内に貼り出すことってあったじゃないですか。あれのときも、先生が事前に間引くんですよ」

「えーじゃあ自分の写真が一枚もなかったらさみしいですよね」

「そうそうそう。そうなんです」大きくうなずいた朝倉さんの顔の左半分が草地からにゅうっと出てきた。「七歳か八歳くらいまではぎりぎりごまかせてたのか、まちこちゃんの写ってるとこだけ現像の事故かなにかで写ってなかったよ、ごめんね、って先生が教えてあげてるのを見てたような記憶があります。集合写真は一人一人が小さいからか、心霊写真になってるのかなってないのかよくわかんなかったんですけど。でももう小四くらいにはまちこちゃんもわかってて、『写っちゃうねー』って話してたのおぼえてます。私とまちこ、小六の修学旅行は広島だったんですけど、そのときはもうすごかったですね。仲良かったんですよね、それで二人で肩組んで写ってる写真でですね、手がいっぱいで。まちこの手も私の手もいっぱい、とにかく手だらけの写真でした」

「手だらけ」それはまちこちゃんや朝倉さんの手がそのまま増殖したのか、それともまったく別人のたくさんの人の、ペンだことか爪の長さとか色とか毛とか大きさとかがまちまちな手のひとつひとつがたくさんあったのかどっちだったのだろう。「ふだんの心霊写真も手がたくさん写るんですか？」

「そうですね、白い靄のときもありましたね。でもいちばんわかりやすいのは手でしたね。あの写真も廃棄してしまったんだったと思います」

パソコンの画面には私側の画像も表示されていた。Zoom のとき、私の顔はいつも暗くて首はとても明るく映る。

「それでですね、藤野さんの『今日の心霊』ではプリクラは心霊プリクラにはなりませんでしたよね？」

そうだったっけ？　私は忘れてしまっていたが「はい」とうなずいた。

「でも、まちこは心霊プリクラになるんです。小学校を卒業して何年か経ってから四人くらいで集まって遊んだとき、プリクラを撮ったんです。当時はまだフレームが選べるくらいの機能しかないやつでしたけど。そのお花柄のフレームに手がかぶさってたんですよね。シールが出てきたとき、まちこはいちばんうしろにいてまだ見てなかったんで、『なんかへんなふうになっちゃったー、機械壊れてんじゃない？』って言って捨てて帰りました」

「名探偵コナン」の劇場版のチケットをもらった。名探偵コナンは大学生のとき、ときどきアニメで見ていた。今は見ていない。高校生だったのに悪の組織に薬を飲まされて小学生に戻ってしまったコナン少年は、今現在もまだ小学生のままだという。コナンだけが小学生のままなのではなくて、アニメの時間全体が大きく引き延ばされ、コナンの小学校の同級生たちも小学生のまま、高校生だった蘭(らん)や園子(そのこ)も高校生のままであるらしい。私の子どもはアンパンマンのアニメを見ている。アンパンマンのアニメは、私が小学生のときにはじまって、いちばん熱心に見ていたのは大学生のときだったと思う。きっとアンパンマンは私が死んだあとも生きているだろう。名探偵コナンも案外そうなるかもしれない。

しかし名探偵コナンの劇場版を見に行く予定はなかったので、非常勤講師先の京都精華大学に持って行って、授業の際、「誰かほしい人、よかったら」と前の空いている席に置いた。授業のあと、それを取りに来たMさんが「小学生のときの仲良しの友達四人でコナンを見に行くのが毎年恒例になってるんです」とうれしそうに教えてくれた。

「あっそうなんですね。よかった。ごめんね一枚しかなくて。それにしてもコナンの映画って、そんなに毎年やってるんですね」

「やってますよ。もう二十年以上やってますよ」

「え、そんなに？」

「そういえば、何年か前にコナンの映画に幽霊が出たんですよ」Mさんはチケットを大切そうにクリアファイルに入れてリュックにしまった。

「え、どういうことですか？」

「コナンって犯人黒いじゃないですか。映画終わったあと、友達の一人が、犯人もう一人いたよねって言うんですよ。え、いないよ、一人だよってみんな否定したんですけど。でもその子には黒い人はずっと二人見えてたって。ただ、そういえば、犯人の黒い人って、目は白い半月みたいな感じで描いてあるけど、もう一人の黒い人は影だけだったって。じゃあもうそれ幽霊じゃん？　ってなりました。スクリーンに出るなんて性格的にかなり大胆じゃないですか？」

「そうですねえ。私が幽霊だったら、スクリーン側に出るのは無理かな。映画館の客席側には絶対出ますけどね、だって映画見放題じゃないですか」Mさんの帰り支度はもう済んでいたが、私の荷物はそこらに散らばったままだった。ファイル、ノート、付箋、本、ノートパソコン。ボールペンでさえまだ筆箱の中に収まっていなかった。Mさんが帰ってしまってから、私は一人きりになった教室でリュックにものをしまい、異常な数のケーブルがうようよと這い回る床で電源タップに勝手につないで充電していた自分のスマートフォンを見失い、ぽつんと立ったまましばらく目で探した。

「私の中では、神社と川には、なんていえばいいのかわかんないんですけど、気配みたいな、実際にかたちや表情がわかるわけではないんですけど、人がいた気配というか、いる気配というか、そういうのがあるんです」仕事で同席した原田さんという三十代の女性がゆっくりと話しはじめた。私はコーヒーだけ、原田さんもコーヒーだけだった。「それは神様的な人じゃなくて、人、一人の人なんですよね。それを私は川の人だなと思ってるし、神社の人だなと思ってる。そうだ、コンサートとかのステージって、暗転してるとき、舞台にいた人が移動したりする気配があるじゃないですか。あれに近い気がします。複数の人じゃなくて、あくまで一人の人なんですけど」

「それは、怖かったりします?」

「怖くはないですね。嫌な感じもしないですよ。川の近くに住んでみたいって思ってるくらいですし。そうだ、川ってよく犬が散歩してたりするじゃないですか。犬だと思ったら川の人だったたってことはよくありますよ」

それで、私は川の人というのは、少し小さいのかもしれないと思った。犬くらいのサイズなのかもしれない。

「寺の人はどうですか？　いますか？」

「あっいないですね。寺の人はいない。池の人もいない」

私たちはほぼ同時にコーヒーを飲み終えた。


去年、仕事で福知山市の山中にある古い神社を訪ねた。境内にたどり着くまでは途方もなく高い杉林を貫く長い長い石段を上る必要があり、運動不足の私は息も絶え絶えだった。神社で神職の方からひととおりの説明を受け、今度は山道を車で移動する。その先に禁足地となっている原生林の山が見えるポイントがあって、ご神体となっているその山を参拝しに行くのである。もう少しでその遥拝所というところで、山側の路肩に一台の車が停まっていて、夫婦と思われる老年の男女が道に出てきているのを見かけた。二人は腰や口元に手を当てて切り立った山肌を見上げ、頭上の暗い緑に向かって「おーい、おーい」と呼びかけている。二人の表情が苦笑に近いものであったので緊急性は感じなかったが、運転手を務めてくれていたカメラマンさんもライターさんも「あれ、どうしたんでしょうね？」「なにやってんだろ？」と気にしている。

私は遥拝所でご神体の山を望み、手を合わせるところを写真に撮ってもらった。そうしながらも、まださっきの車のことが気になっていた。そこからもその車とうろうろしている二人の姿が見えるのだ。撮影が済んで、ベンチで休憩しているあいだに、カメラマンさんが事情を聞きに行って戻ってきた。

「お子さんたちが上に登って遊んでて、なかなか降りてこないみたいですよ」

「あ、そうなんですか」私は言った。「え、あんなとこ、登れるんですか？」

「うちの子たち、運動神経が良くって、っておっしゃってましたけどね」カメラマンさんも首をかしげている。

また移動することになって車に乗り込む。その夫婦の車のすぐ横で、カメラマンさんが停車した。私たちは車を降り、夫婦の隣で上を見上げた。よく見ると、暗く密に折り重なる木々のあいだに小さな、塗装されていない鳥居が斜めに立っているのがわかった。どうやったらあそこまで行けるのか見当もつかないが、鳥居があるということはあそこには一応、道があるのかもしれない。

「だいじょうぶですか」ライターさんが尋ねた。

「早く降りてきなさいって言ってるんですけどねえ」女性がそう答え、「ほら、もういいかげんに降りてきなさい！」とのんびりした大声を出した。風が葉のすれる音を立て、鳥が鳴いていた。湿った土と葉のにおいが皮膚に染み込んでくるようだった。子どもたちの返事はなかった。人の声らしきものはまったく聞こえなかった。

「いつもこうなんだから」女性が私に向かって親しげに苦笑してみせた。彼女はしっかりと肉のついた重そうな体をしていた。それは夫のほうも同じだった。

「おーい！」彼が突然、笑いを含んだ声で叫んだ。

「だいじょうぶなんですね？」カメラマンさんが確認した。老夫婦は苦笑した顔の前でそれぞれに手をひらひらさせた。

私たちは車に戻り、次の目的地を目指した。

「子どもたちっていくつくらいなんでしょうね」私はなんとなく言った。「あんまり小さいとあんなとこってとても登れないし、登っても親はすごく心配であんなに落ち着いて待ってられないでしょうし……」

「まあでもある程度大人になってる子どもなら、あんなに長いこと親を待たせとかないでしょう」ライターさんが言った。

「子どもたちは男の子と女の子の二人らしいですよ」カメラマンさんが言った。

私たちはしばらく黙っていた。

「声って、聞こえてました？」私が言った。

「いえ」とカメラマンさんが言い、ライターさんは黙ったままだった。

それから住宅街に出て昼食を取り、次の目的地に向かう途中、片側が大きくえぐれたようになって川が流れている道路を走っているとき、また一台の車が停まっていて、体つきのしっかりした二人の男女がごろごろした石の上に立ち、真下の川を覗き込んでいるのを見た。「おーい、おーい」という二人の声が、通り過ぎる私たちの車内にさっと入ってきてぷつんと消えた。あとには流れの激しさを思わせる川の音が残った。

「さっきの人たちですね」ライターさんがつぶやいた。

はじめの山道でも、この道でも、車は私たちの車と彼らの車だけだった。ほかの車は通らなかった。

きっと彼らは川に降りて遊んでいる子どもたちを呼んでいたのだろう。私たちは何も言わず、川の音が車内を荒々しく満たすのに任せていた。

それでも二分も経たないうちに私は提案した。「戻って川に子どもたちが本当にいるか見ませんか?」

「だめです」ライターさんがきっぱりと言った。「次の予定がありますので」

「Uターンするとこないですからね」カメラマンさんもきっぱりと言った。「それにもう、少し時間押しちゃってるんですよ」

解説　怪異が行列している

朝吹真理子（小説家）

小さいころからとても怖がりで、宿題で読まなければならなかった「蜘蛛の糸」の絵本も、細い糸を命綱なしにえんえんのぼるということが読むだけでおそろしくてたえられず、せめておしまいだけでも読んでおこうと思ったのに、めらめらと燃える地獄の挿絵がページをめくるときに、どうしても指に触れてきて、よけてもよけても、カッと親指のはらが熱くなる気がして、読めない。翌日、運悪く先生に朗読をするようにあてられて、しどろもどろになっていると、予習をしてこなかったことを叱られた。怖すぎて読めない、と弁明することもできず、二重におそろしい思い出になっている。父と麻布十番の夏祭りで、お化け屋敷に入るときも、掘建小屋の、お酒を飲みながらきゃっきゃと入るような手作り感なのに、入り口が暗いというだけでパニックになって泣き叫び、お化け役のおじさんに笑われながら、ちいさな布の重なったすきまからでた。大人になったいまも、シャンプーは、目を開けていないと洗い流せない。

著者と同じように、私も幽霊をこれまでみたことがなく、仕事で、子供の幽霊が出るという漁村の一室で寝たときも何も感じず、幽霊は、少なくとも目に見えるようなかたちでは存在していないのではないか、と思っている。それでも、浴室ではいつも不安になるし、お化けに襲われるかもしれないという怖さは消えない。なんでだろうか。

お化けは怖いけれど、ふしぎには憧れを持っている。怖がらせるような仕掛けは嫌いだから、恐怖を煽るようなものは映画でも小説でも決して見たり読んだりしないようにしているのだけれど、本書は『私は幽霊を見ない』だから、著者の小説のファンでもあったので、きっとだいじょうぶだろう、と思って読みはじめた。冒頭早々に、著者が、幽霊もみず、感じず、幽霊察知力のなさは親ゆずりと書いてあって安心したのに、読めば読むほど、はっきりとしない怖さが体をめぐって困惑してゆく。幽霊を見ない人が聞いて書いているのに、怪異が行列して、こちらにやってくる。

「うん。それで、そのときはじめて、幽霊ってまばたきしいひんねんなって知ったんやって」とアイドルに似た女にのしかかられた人の実感の言葉から、おそらく英語を話す幽霊にのしかかられたけれど日本語しか解していないためになにを言っているかわからなかった友人の友人の姉の話、タクシー運転手の五十肩がおはらいで治った話、中庭に浮かんでいた白いかかと、人の形はしていないけれど、スリッパを寝床のわきに必ず置いておいてくれる誰か、など、いろんな気配が、やってくる。

人から聞いた話も、藤野さん自身の体験も、ふしぎだ。四谷のホテルで藤野さんだけが揺れていた地震、軽い一酸化炭素中毒になりながら曾祖父とみていた勝手に一時停止したように映像が動かなくなってしまったアニメ。困っていると、曾祖父が、「アニメの中も夜になったんや。朝までこのままや」「朝って、こっちが朝になるまで?」「そうや」曾祖父は、アニメの中で流れる時間と現実の世界で流れる時間がまったく同じだと言っているのだった。

みている映像が、自分の世界の時間とくっついている。可愛い話のようで、アニメの中の人の気持ちになると、とても怖い。藤野さんのお父さんが、調理器具といっしょに帰ってくる話も中々奇怪だ。スーパーのものでも家のものでもない出自不明のおたまがダウンジャケットの首のあたりにひっかかっていて、そのことにお父さんは気づいていない。なんでおたまがとりついているのか。書きぶりは、ひょうひょうとしているのに、因果がよくわからなくて、不穏だ。

むかし柳田國男が「怪談には二通りあると思う。話す人自身がこれは真個の話だと思って話すのと、始めからこれは嘘と知りつつ話すのと此の二通りある」と書いていて、藤野さんの聞き書きは、体験している人の、あれはなんだったのだろう、という、理解できていないさまをそのまま書いているから、ほんとうの怪談実話なのだと思う。おばけなんてうそ、と思っている私でも、読んでいると、体のなかで不安感がゆらゆら迫り上がってきて、心もとなくなる。

聞き書きはとても難しい。たまに第二次世界大戦のころのことを当時を知る方からお話をうかがったりするのだけれど、誰かから聞いた話を、聞いたときの感触のまま書くのは、とてもむずかしい。つい、これはこういうことかな、と推量したりしてしまいそうになるのに、著者は、聞いた話を、そのまま、シーンにして、書き起こしていて、生々しい。聞いている相手との、したしさはばらばらなのだけれど、著者自身や家族が体験したことも、ぜんぶ、同じ距離感で書かれているのが、すごいことだ。ふしぎを体験している人たちは、みな、あれは幽霊でした、とは言わなくて、なんだったんだろう、とあいまいで、現実的な理由をつけたりしているのだけれど、語っている本人も腑に落ちていない。宙吊りの思い出として伝わってくるから、よけい、読み心地が不穏になる。

藤野さんは、怖がりのわりに、肝が据わっていて、先輩作家たちと四国に旅行して、待ち合わせ時間をはるかに超過する寝坊をしていても、気にしていない。これはお化けとは違うけれど、おそろしい人だなと思う。藤野さんはホラー映画が大好きで、映画の中の怪奇現象をみて、幽霊は「生きているときに上げられなかった声」の主だと気づき、境遇に涙したりする。幽霊からしたら、ぜひとも取り憑きたい好人物だと思うのだけれど、彼女のもとにはあらわれない。幽霊情報を私もたくさんきいたことがある新潮社クラブでも、藤野さんは、何も体験していない。あの家屋では、赤い女の幽霊もでるときいた。その赤い人も作家なのかはよくしらない。藤野さんは、アメリカで開かれた作家交流プログラムに参加したときに「ゴースト」というあだ名をつけられてしまう。幽霊をみるまえに幽霊になってしまっている。幽霊と気づいていない幽霊だったら他の幽霊をみないのも納得する。幽霊同士は交流をしたりするんだろうか。

本書は、二〇一九年八月に小社より刊行された
単行本を加筆修正のうえ、文庫化したものです。
「私は今も幽霊を見ない」は書き下ろしです。

私(わたし)は幽霊(ゆうれい)を見(み)ない

藤野可織(ふじのかおり)

令和4年 7月25日　初版発行
令和6年 11月15日　再版発行

発行者●山下直久

発行●株式会社KADOKAWA
〒102-8177　東京都千代田区富士見2-13-3
電話　0570-002-301（ナビダイヤル）

角川文庫 23246

印刷所●株式会社KADOKAWA
製本所●株式会社KADOKAWA

表紙画●和田三造

●お問い合わせ
https://www.kadokawa.co.jp/（「お問い合わせ」へお進みください）
※内容によっては、お答えできない場合があります。
※サポートは日本国内のみとさせていただきます。
※Japanese text only

ISBN 978-4-04-112441-3　C0195

角川文庫発刊に際して

角川源義

第二次世界大戦の敗北は、軍事力の敗北であった以上に、私たちの若い文化力の敗退であった。私たちの文化が戦争に対して如何に無力であり、単なるあだ花に過ぎなかったかを、私たちは身を以て体験し痛感した。西洋近代文化の摂取にとって、明治以後八十年の歳月は決して短かすぎたとは言えない。にもかかわらず、近代文化の伝統を確立し、自由な批判と柔軟な良識に富む文化層として自らを形成することに私たちは失敗して来た。そしてこれは、各層への文化の普及滲透を任務とする出版人の責任でもあった。

一九四五年以来、私たちは再び振出しに戻り、第一歩から踏み出すことを余儀なくされた。これは大きな不幸ではあるが、反面、これまでの混沌・未熟・歪曲の中にあった我が国の文化に秩序と確たる基礎を齎らすためには絶好の機会でもある。角川書店は、このような祖国の文化的危機にあたり、微力をも顧みず再建の礎石たるべき抱負と決意とをもって出発したが、ここに創立以来の念願を果すべく角川文庫を発刊する。これまで刊行されたあらゆる全集叢書文庫類の長所と短所とを検討し、古今東西の不朽の典籍を、良心的編集のもとに、廉価に、そして書架にふさわしい美本として、多くのひとびとに提供しようとする。しかし私たちは徒らに百科全書的な知識のジレッタントを作ることを目的とせず、あくまで祖国の文化に秩序と再建への道を示し、この文庫を角川書店の栄ある事業として、今後永久に継続発展せしめ、学芸と教養との殿堂として大成せんことを期したい。多くの読書子の愛情ある忠言と支持とによって、この希望と抱負とを完遂せしめられんことを願う。

一九四九年五月三日